不弃剧场

赵川 著

苏黎世湖边散记

生活·讀書·新知 三联书店

图书在版编目（CIP）数据

不弃剧场：苏黎世湖边散记 / 赵川著. —北京：生活 · 读书 · 新知三联书店，2021.6
ISBN 978－7－108－07141－5

Ⅰ. ①不…　Ⅱ. ①赵…　Ⅲ. ①随笔－作品集－中国－当代
Ⅳ. ① I267.1

中国版本图书馆 CIP 数据核字（2021）第 062845 号

责任编辑　卫　纯
装帧设计　薛　宇
责任校对　张　睿
责任印制　宋　家
出版发行　生活 · 讀書 · 新知 三联书店
（北京市东城区美术馆东街 22 号 100010）
网　　址　www.sdxjpc.com
经　　销　新华书店
制　　作　北京金舵手世纪图文设计有限公司
印　　刷　北京隆昌伟业印刷有限公司
版　　次　2021 年 6 月北京第 1 版
2021 年 6 月北京第 1 次印刷
开　　本　850 毫米 × 1168 毫米　1/32　印张 5.5
字　　数　102 千字　图 26 幅
印　　数　0,001－3,000 册
定　　价　49.00 元
（印装查询：01064002715；邮购查询：01084010542）

目　录

重　温

试了去游泳。从 RF 的工作室走向湖边，经过拐角一处人气很旺的餐厅，也就几十步，已在湖边。烈日和风。站进水里，让湖水一点点没过脚踝，到大腿那儿。骄阳下，湖水却冰凉刺骨，我逃了回去。

傍晚 6 点，朋友们都来了，一起在湖边餐厅吃饭。他们开玩笑说，尝尝，这里将是你的食堂呀。因为我得在这儿住上几个月呢。他们随口聊起 RF，这处城市边缘挺特别的艺术空间的来龙去脉，似乎云里雾里。比如，20 世纪 80 年代，这里曾被抗议苏黎世政府文艺政策的年轻艺术家、社会运动分子占据；还是他们原本占领的是别处，政府后来拿出了这块地方，跟他们做交换？以及，这几十年来，在里面工作的人职位不同，但每人的工资都是一模式样？等等。显然，三十多年前的事情，说着，已经隔了代。

但去湖里游泳的事，是当下现场。他们对我的描述也表现得很惊讶，一致说，湖水很暖和呀，要不信你看这水温。这里的人，都能随时按下手机，让你看苏黎世湖的水温。我只好嘿嘿冷笑，吞下一口啤酒。

中午，在老城里与 *Y* 一起午餐。*D* 送来一辆自行车。昨晚我说，在这里最好有辆自行车。他说家里有不用的，可以借我。我随后骑车出去转转，去看了苏黎世美术馆一个名为“行动！”的当代艺术展。

从某月日到某月日，苏黎世美术馆将变身为供现场行动与表演的场所。参观者亦可主动参与到新艺术作品的创作中，或看到经典表演作品的复排与改编。《行动！》的灵感源自阿伦·卡普罗（1927—2006），旨在应对一些紧要的我们时代的问题。

近些年来，表演艺术再一次成为当代艺术生产中的一大要素。年青一代的艺术家们正在重温六七十年代表演、事件和艺术行动的全盛期。为什么这种短暂、以过程为重的艺术形式会再度流行呢？《行动！》寻找着这个问题的答案，检验着这个概念正式的和政治的含义。[1]

展出艺术作品、做点讨论、写点评论文章，艺术上的检验以及回答，也算是这种艺术所认为的"行动"吗？还是，我们只需要当它是摆出了"行动"的姿态或象征就行？尽管撰写这种小册子的目的，大多服务于展出活动的传播需要，但我还是可以从较为乐观的角度，去看待"正在重温"那个风起云涌年代的提法。不管这个提示精准与否，但重温，是希望重新给当年的作为以温度，来温暖我们的当下；至少，它提示出对一种充满活力时代的再次想象，或者追寻。但重温并不意味着当下年青一代，他们的心跳频率、血液流速、想象未来的迫切度，正处于跟那个过去时代相类似的状况。今天，难道不正是因为缺乏长远的、建设性的目标和信念，而才会想要依赖于表演——这种艺术行动的“短暂、以过程为重”的形式吗？而我们如果不以批评开道，又如何能进入政治意义。或仅是指望这类活动成为今天的一帖春药？

骑车回去的大半路程，都是上坡路。骑着，没得含糊，这渐渐成了桩体力活。行动谈何容易，最后十分钟，持续上坡，坡极陡，一身汗。

我向 *D* 问起一位在欧洲当红的剧场导演。在中国听闻他的剧场作品——关于儿童在当代战争中的险恶遭遇，他处理得生猛、犀利。*D* 说，他与另一些新派纪录剧场（从欧洲发展起来的、以纪实材料为主要呈现内容的戏剧创作类型）创作者们，重新定义了这一剧场形式的方式和美学。但这位导演的戏更挑衅些，很吃香。同时，*D* 也觉得，一方面他的确揭露问题、具批判性，不过，有时这些作品是不是也在刻意“政治”？导演靠此赢得掌声，从一出戏到另一出，乐此不疲：那些“政治”性，像是香辣作料，被当成烹饪里刺激食欲和口感的保证。

苏黎世一家剧院原想交给这位大导演来主持。他提出了改革方案，剧院不认同。他便去了看起来更自由的邻国。事情的这个结尾，我倒是喜欢，有点我们战国时代的意思。

一早乘火车去 *D* 的老家，在讲法语的 Gorgier St. Aubin

（戈尔吉耶·圣奥班）。他们去了那里度假。他祖上曾是那一带的教士、律师和医生，他们在旧时的码头边，面对纳沙泰尔湖（Neuchatel Lake），拥有一栋大房子，有四百年了。屋内墙上，镜框里的画片大都泛黄，不少是 20 或 19 世纪的景致。房间、过道和橱柜里，到处是些用途已经模糊的旧物。他祖父的书房，几乎保存了 20 世纪 60 年代老人离世那天的原貌。*D* 说这是一座家族博物馆。老宅分属家族中十多户亲戚。现在不少老辈人故去，多家希望将房子出售。所以对他来说，怎么能留住它，这是个问题。

D 爸爸的女朋友，一位爱谈文说艺的女士，她靠在躺椅上，眼神缥缈起来，说来这里最想读普鲁斯特，因为这老房子，简直是普鲁斯特小说本身。显然，过去是可以重温的，那是现代主义之下无尽的乡愁。

下午我们坐在门前湖边，湖水清澈。我和 *D* 几年前在香港认识。他三十多岁，是个与剧场结缘的音乐人，年少与人合作，机缘不错，一出道已非常成功。他们每个剧场作品也要演至四五百场。他说演员的最好状态，是在第四十或第五十场之后。我只好感叹，想起我的戏剧团队“草台班”的戏，十几年里，只有极少数能演到二十多场。*D* 说二十多岁时与人合作，在剧场里十多年，一部连一部地出作品，虽然成功，却也感觉懵懵懂懂被带着走，颇多妥协。*D* 数年前放弃原来的合作方式，想完全顺了自己的意愿去尝试，期待艺术生涯有个新开始。他开始创作与装置结合的音乐作品，有人喜欢，也有人说这个形式太过特别，人家不太容易接受。

D 强调激进是必要的，但又感叹喜欢激进的时代过去了，新的追求激进的时代还没到来。我说，噢，怪不得总觉得离变革、变化很远。其实，感觉越远，是否也正意味着离得近了？我们一些人，受上一代激进主义激励，但激进也被证明，有着残酷的倾向。它让不再激进的社会里的人们，望而生畏，生怕它重来，又要打碎生活的瓶瓶罐罐。但人们与其把激进之法，钉死在意识形态故事里，不如把它解放成甘于冒险、勇于冒犯的态度，去吸收它曾经创造出变化契机的历史养分。

我去湖里游泳，发现了一点诀窍。在水里略待久些，水对于我的皮肤，不再冰凉如刺，却是温和的。

当然，那不是同一片湖水。人没法站进同一条河里。逝水流年，通过重温，人们该难以重获原本的意义，或其政治含义——那是不是在对当下的回应里，已然直接生成?

新人、“草台班”和去南方

我决定来苏黎世待上一段，是期待让自己的工作有个停顿，可以有时间和空间，去多想想一些事情。比如，面对困境，剧场有什么用？K远在柏林。她说要建立两者的关系，那就是让社会的困境，同时也成为自己的，这样就能把握和感受他者之痛。

她是个在欧洲和中国两边生活的导演。她一度每周去一个等待难民身份甄别结果的准羁留中心，为那里中东和北非的孩子做戏剧活动。她在有限的条件下，语言和文化都有障碍，却激发孩子们讲自己的故事，尝试戏剧创作。她说是用自己欧洲边缘人的身份，当作了感同身受的参照。K做了那么一阵，当然自有她的成绩。

然而，以我这些年与“草台班”伙伴们一起创作、排演《世界工厂》的经验，却以为介入不同的题目和人群，其中那些但凡能够轻易建立，也可以随便取消的关系，其实挺表面。深入交往，建构与不同阶层和人群之间的关联，会是耗时、费力，乃至耗费生命的事儿。这超越了当下一般艺术生产的效率目标。我想，或者，突破那些生产机制、效率和目的，艺术才能够回到它为人所需要的本来意思？

算盘上的珠子，抑或数字化的0和1，只是变幻着的抽象组合，用以做种种的计算和算计。我和K都同意，对个人命运的张扬，即是对当今浩瀚资讯中，把生命活动数据化，以及出于种种目的而作概念化处理的抵抗。这种抵抗，不只是为故事中的个人发出声音，它同时引领观看者、参与者，通向理解我们相互关系的不同视野。

我问，这种抵抗，如何能避免又一次变成浩瀚资讯中的一部分？*K* 说，剧场作为一种艺术方式，必须找到有效的形式，才有可能通往新视野的锻造。她非常推崇欧洲的 RP 剧团。这新一代的纪录剧场人，以有趣的技巧，直接把各种不同的人生道路、质感，在剧场里呈现出来。他们不再以剧作家或剧场专业人士的角度去探讨生活，而是将更多不同社会成员的视角，直接安排进被笼统称为“剧场”的时空，有如纪录片。在生活里，隔行如隔山，他们却将不同的山景连接、呈现。他们确实通过一系列别致的剧场形式，拓展观众视野，或令价值观发生变化。

但新视野，催生“新人”吗？我们为此讨论了好一会儿。不论是欧洲，还是中国，20 世纪初的戏剧、文学和电影里，都有关于“新人”的主题。“新人”是启蒙式的，更是在现代历程冲击下的乌托邦式回应。那些文艺作品中不少角色的塑造，是为探索一种关于“未来”的人的可能。

我看过 RP 剧团的好几个演出，然而欢喜之余，也总觉得挺小清新，聪明而理性。它们让你惊叹和接受不同视角下的社会现实，但干干净净、包容豁达，不带什么改变的动力。可能不仅如此，我的好朋友 *H*，一位欧洲资深的艺术批评家，多年前跟我讲起他们时，他就说，是不错呀，但又怎样！他可能还要再补充一句，说做完一个戏，导演又移去了另外的项目，而那些参与者的生活照旧。

在喜欢纪录剧场的 *K* 导演看来，这样的剧场，带来了人们看世界方式的改变。导演们期待的改变，是在人们视野变化后的更大时空里，潜移默化地进行：有待播下的种子，自己萌生和滋长。所以，导演们没打算具体改变他们所“展示”的那部分生活，甚至连这种改变的企图，也不会出现在剧场中。对批评家朋友 *H* 来说，这显然不够。他在做这种评价后，总会带上半句口头禅“我不知道”。若让我来解释，潜台词就是“这么做，不够好吧”。

但戏剧要承担带动甚至改变的责任吗？我开始投身剧场不久，对社会问题的兴趣表露出来，就总被这样的问题追问。在“草台班”的戏后讨论中，时不时会有人提出。时间久了，若还是回答说“剧场只提出问题，不解决问题”，不仅自己都觉得陈词滥调，也确像是种简易的回避，显出面对这个问题的捉襟见肘和窘迫相。但不可否认，戏剧依靠想象力工作，而那种想象力，正是许多求变和改变的基础条件。真正的剧场是非物质的，它不解决物质层面的问题，但它会处理思想的问题。所以，看起来纪录剧场的想象力，大都着力于舞台上戏剧化的呈现，导演们为此花尽心思，一斗高下，但却常常不花更多力气去想象未来。

我们讨论的另一个问题十分现实。剧场尚没有很好的传统，关心自己的参与者。传统戏剧中，他们是演员；

在带来新关系的纪录剧场中，他们被尊称为“专家”，其实是素材。去年底，因为有人从我们戏剧工作的合作关系中离开，让我颇多思考：如何才能真正帮助个人的成长。一些不同职业背景的年轻人，跟我们以一种剧团的方式每周聚会、做戏，在那些片刻和现场，会感觉个人存在价值和意义的提升。但他们回到日常，日复一日，个人生活仍旧乏善可陈，工作、情感方面没有任何起色。因此，我想，我们的剧场工作，能否回到具体的人，面对他们的生活，比如真正带动参与者自己的人生？*K*大不以为然，认为我想得太多，也要得太多。她怀疑如此看重结果，可能会带来控制欲。我却以为，新派纪录剧场打开不同的现实，却不介入矛盾，那种保持距离的感觉，也是*K*觉得恰当的——避免问题意识形态化的安全距离。而我要的，应该是更加生动的积极卷入。

在我们的对话中，我心里似乎很抵触将“作品”放在关注的首位。因为那样，一旦作品达成，其他质疑似乎都有理由可以挡开、滑过。但也说不清楚，一个艺术创作者不谈作品，那放第一位的该是什么？这也有点类似于“草台班”早期的一个问题，我们是剧团，却不希望把制造戏剧效果当作核心议题。

剧场是社会关系的实验。今天，至少在我们从2005年开始的、放弃基本商业关系的民间剧团“草台班”里，这也成了舞台下的生活实验。

花了一整天时间，准备一份申请。弄完已是黄昏。我骑车沿苏黎世湖往市中心方向转了一小时。那份申请，是关于一个叫“南方行动”的美术馆项目。

主旨

由戏剧团队“草台班”核心成员牵头，联合媒体与传播学者、文化研究学者、产业工人等，希望带动剧场、电影、学术、社会行动和公共文化媒介交织起的能量，对已在珠三角工人社区进行的介入南方制造业生产文化的社会剧场方式，除继续实践，并开展更有序的记录、研究、对话、展示、书写及出版。这些工作与制造业生产文化前沿正面交锋，探索可以打通当下政治、经济和社会语境的艺术方式，期待或能催生一类新形态的文化艺术生产……

背景

这种作为社会研究和实践的剧场方向，是从赵川与“草台班”已进行了八年的关于“世界工厂”主题的调研和排演发展而来。工作过程中，我们从前期对工业和工人问题的宏观讨论，逐渐落地为对珠三角地区独特生产文化的实验性介入。数年前“草台班”自上海南下，来深圳演出和研讨；至今，核心成员深入当地工人社区，通过演出、讲座、工作坊、参与组织和创作推动等方式密集介入，已帮助形成了“北门工人剧社”。这个多数由富士康一线工人组成的戏剧社，排演自己的故事，通过艺术方式展现工人身姿和声音，已在社区和社会活动中多次亮相。类似的工作，稍后并可能在南方更多工人社区推进。

预期成果

（1）在之后的一年里继续推动工人剧场的实践；（2）对近年与北门工人剧社一起工作的经验，做文字及视频整理，初步形成田野报告和完成部分纪录影像剪辑；（3）在美术馆做小型成果展示，包括部分自2014年起的工作文献、纪录影像展示，工人短剧演出，线上和线下对话及研讨聚会；（4）若能获得第二阶段支持，在充分对话、研讨的基础上，完成《北门剧场手册》写作，并推动出版。同时，完成一部相关的长度在一小时以上的纪录影片。

“草台班”

2005年春在上海成立。开创十多年，“草台班”在其特立独行的社会和艺术实践中，积累出自己的剧场观念和美学。“草台班”同人赵川、吴梦、刘念、侯晴晖、疯子、庚凯、Christopher Connery（克利斯多夫·康纳利）、于玲娜、吴加闵、孙大肆等前后参与其中，激励普通人投身剧场和创作，强调戏剧与周围生活的关联，多年来不拘一格地利用各种场地，进行非牟利的排演、讨论，塑造出流动的公共空间。他们在几乎最基本的贫穷剧场形态里创作、演出，恣意使用身体、文本和纪录影像等，别开生面地激发出思想交流的场域。主要作品包括“社会剧场三部曲”：《狂人故事》、《小社会》和《世界工厂》等。

我与K讨论的种种，其实也在自己与“草台班”的实践里。催生“新人”，不只是关于他人，也是我们要怎样从条条框框中，走出新的前行方式。

晚上，看到我们的成员小闵从深圳发来的邮件。近期他正在那里给工人带工作坊，说这两天大家的故事主题，围绕从第一次外出打工展开的“第一天离家去打工”、“来到深圳的第一天”、“上班的第一天”和“辞工的那一天”等。六七位参与工人，多数要工作到晚上8点，来到后，也没剩多少时间。他们只有两个晚上准备这些素材。小闵希望新来的成员，能带着自己的经历，一起参与到8月的演出里。开始时，他倾向于他们多讲、多写。后来却是，他们的内容一铺开来太多了。他倒怕自己掌控不好，会散掉。

表演，让一些事情清晰起来

下午2点多，年近七旬的*U*来接我，我们开车往南，去了山野里。他说不能让你老待在城里，瑞士不只是些城市，我想请你看看我们的农村和山水。

他一路指点他祖国的大好河山，我们也一路聊及合作中的戏。十年前，他来中国做调研，我们因而有接触。他是位导演，多年来专注于与杂技退役演员合作，创作挺特别的剧场演出样式。春天时，他有个与上海退役杂技演员小丁的合作项目，于是邀约我，为演出写点文字性的东西。我写了，他十分喜欢。那段文字也成为随后演出的骨架：

助　跑

这些事情总不免要助跑，才有股推动的力量

但助跑了，不等于后面一定来个大动作

助跑了，是耳边的风声、飙起的肾上腺素和不惧的风险

于是，一次次助跑成为一种活法

在当中停下、折回、跌倒、受伤、重新开始、失控

那像是已经开始，却都还没有发生

于是继续助跑，就是一种活法

他练下去

要不要练下去

从七岁到十岁，到十二岁，到十四岁，到十九岁，到二十二岁

不练了，到此为止是一种可能。小丁要寻找未来——

那种不再拼命、忧心伤残，不随青春凋零的未来

但练了下去，是个怎样的现场

弹起五米，空旋三周，一下稳稳落座，春风得意笑颜开

笑

在那个国度的聚光灯下

你眉开眼笑，他强颜欢笑，你破涕为笑，他一笑置之，你千金买笑，他拈花一笑，你哄堂大笑，他捧腹大笑，你喜笑颜开，他鹊笑鸠舞，你似笑非笑，他倚门卖笑

炫 技

而那个国度里，春山总如笑

哪管顶缸不能送水，顶碗不能上菜，哪管飞车上不了大街，走钢丝赶不上飞机，钻火圈炼不出钢铁，拿大顶翻转不了时局，魔术也不过是个骗局，却不骗财色

在那里，国王是个玩笑，公主半空乱飞，小丑从不掩饰自己的愚蠢，而老虎却像是有工具理性

杂技是种技能吗——

杂耍般的身体呀，除了倚门卖笑，它也需要宣称一下自己的世界观：

不谈效率，没有功能，无事生非地炫技，炫技，炫技

它几乎被城市、机器和它的经理们遗弃的快乐

里面，该张扬着身体自己的意愿

那种欢乐

埋藏进了身体里，该怎样如杂技般重新展开

在许多次助跑之后

弹起五米，空旋三周，一下稳稳落座，春山如笑

这段文字，是我从小丁身上了解到的杂技。据说，当时在排练现场，小丁听他们读完，一言不发，沉默了足有一分钟，然后说他决定不参与排演了。或者，这段文字触动了他，而且有些残酷。当时 *U* 等做了劝解，他才回心转意。这个短作品不久会来苏黎世，在几周后举行的戏剧节上演出。在这个创作中，*U* 总说不想设定具体目标，不要直接走向完成的作品；而想慢慢一步步做，希望在过程中，能让离开舞台十几年的小丁，恢复身体自信。这跟我有关戏剧与演出者关系的思考，倒有些契合。

U 说小丁的身体里，蕴藏了许多可能——它们被之前的外在环境和小丁自己否定掉了。小丁是一名因受伤，

二十多岁就退役了的前优秀杂技演员。他以前的节目，得过不少顶级国际大奖。*U* 说如果他们的生命力，能重新焕发出来，那将是巨大的能量。我隐约联想到，*U* 所说的巨大能量，应该不只是对某个人而言吧，它也是社会能量。这里似乎不涉及任何世界观的想法，但却显然带出了某种瓦解和改造的意味。为什么？

就狭义剧场里的能量而言，杂技的表演仍是冒险的，*U* 这样说。在表演中，演出者将自己推向某些几近出错的边缘，他们只有在行动中最终战胜危险，才能赢得观众。那种临界的生命状态，因真实而激动人心。剧场里，往往理性占着主导地位。但杂技，却是更身体性的。在戏剧里你扮演另一个人，通常不是自己。在杂技的舞台上，你就是那个尝试者，那个杂技演员——这个角色，只能如其所是，无法扮演。你必须以行动能力，证明自己的身份和存在。演出中的那些行动，真实发生，你并不能如此容易地控制下一步会发生的事情，要临时即兴把控、处理许多细节，有不可控的潜在危险，甚至失败可能。*U* 说是这些经验，让他相信，表演尚拥有巨大未开发的可能性。

他所说的，让我联想到自己以往从行为艺术里学习表演的兴趣。因为行为艺术是实做的，表演者也是行动过程的探索者。因了这种探索，表演者在现场内心充实，而那种精神和力量，是可以让在场者感受到的。

我知道 *U* 也熟悉小丑表演，所以又讲起我这方面的兴趣。他说小丑表演，得从自己出发，是建立一种与世界沟通的方式。每个人不同，因此每个小丑也不一样。小丑一直会犯错误，却不断尝试。他们骨子里永远乐观，没啥事情可以真的挫败他们。他曾被意大利即兴戏剧等传统的民间表演方式吸引，后来才在欧洲仍流传的小丑表演里，接近了那份遗产。那是隐藏在表演之中，快要失传的底层反抗方式：小丑一出场，总是要嘲讽权贵。

我们穿过山野，在一处海拔两千米的山坡上散步，远眺湖山。途经一个园子，里面正进行私人生日派对，三个穿了瑞士传统服饰的乐手，正演奏阿尔卑斯号，号声辽远，与群山相和。他也带我进了施维茨（Schwyz），这个和瑞士源起及国家建构的传说有着密切关系的古城，在那里小坐，喝咖啡。然后我们驱车下山，回到苏黎世附近他住的小镇，在夏日余晖里，在一家农家乐的大院子里吃晚饭。

他一路导览，周到而客气，足像一个老派的中国长者。我们约了下星期三再见，他要继续带我看瑞士、聊表演。我充满好奇。

在大太阳下绕来绕去，费了不少时间，才从 RF 骑到苏黎世国家博物馆。那个博物馆还在继续扩建，里面的国家历史，当然也是种表演——从那些关于瑞士起源的早年传奇故事开始。现在，以多媒体声光电的呈现手段，故事自然有声有色。

瑞士在“二战”中被后来胜利者们诟病的道义缺憾，比如拒绝保护犹太人、唯利是图、与纳粹德国关系暧昧，以及在战后一度的孤立，馆展中倒也直言不讳。这是一些在我们面前不断涂改、修饰自己国家历史的人所缺乏的气度和坦荡。馆内的陈列中，有一面受损的国旗，它直到“二战”尾声，仍被高挂在纳粹柏林的瑞士大使馆顶上。苏联红军进入柏林，它在枪林弹雨中跌落。它后来被国人捡回，如今在馆中展开。其中的意味曲折，人心里，自会掂量。

大概是几年来，与“草台班”做《世界工厂》这出戏延续下来的习惯，我记下了瑞士工业发展阶段与工作时长有关的一段段叙述。原来，瑞士人经济翻身，也不过一百多年，之前还是欧洲的穷国。它的人民要去别国当雇佣兵，或垦荒。瑞士在19世纪末20世纪初，因为工业化的进程，一度也是出口纺织品、机械、化工产品、钟表和巧克力的世界工厂。它也因此，以及其声誉卓著的银行业，快速步入欧洲富裕国家行列。

- 工业革命在带来富裕的同时也带来了社会悲剧。千千万万的工人家庭生活在贫困的边缘，挤在狭小的危楼中。童工的现象十分普遍。而另一边，工厂主们稳居在工厂内的权力宝座上，像住在行宫中的君主。

- 在一场漫长的政治斗争之后，第一部瑞士联邦工厂法于1877年开始生效。其中尤其提到“十一小时/日”、女性保护以及禁止雇用十四岁以下儿童。
- 1889年5月1日，国际社会主义者工人大会在巴黎将5月1日定为劳工行动日。自1890年起，5月1日也成为瑞士的“劳动节”。
- 和平工作。1937年7月19日，金属工业的工会与雇主协会签订一项协议，就是后来人们所知的“和平协议”。该协议提倡谈判，反对武装行动。[2]

又去美术馆看“行动！”展，从历史切换到近前。再去，是因为据称当日有大牌剧团的表演。但我找了半天，不见他们的踪影。我问前台，工作人员一问三不知，却打发我：这又不是剧场演出，它们会在美术馆里的任何地方发生。我想，说起来，政治的表演总要占据中心，而他们这样，算是艺术的去中心化吗？

我在任何地方也没找到他们，倒被角落里一位当红艺术家作品的代理人或表演者拉住，纠缠着讨论起“市场经济”。他受该位艺术家雇用，邀请展厅里路过的人，跟他讨论设定的问题。讨论过的人，可去美术馆前台领五块钱瑞士法郎。多年前我曾被一位策展人询问，有没有兴趣为这位大牌艺术家的这件作品，在上海展出充当“喉舌”。

那次，我转而推荐了别人。对这种预设了将他人的意义和价值观化作口水的作品，我有些抵触。在它们的背后，隐约感觉到创作者的虚无和恃才傲物式的轻慢。这次，算现场验证吧。

我不知道与我讨论那人，从艺术家那里受到多少培训。他礼貌里带了油滑，在问题的两极游刃有余，隐约像是在提醒，这不过是场游戏——但你看，显然，你没法赢，不过谁也不丢面子。

在这里，作品里像是被提出的问题，当然不太会有什么进展。但它却让人在这种大问题面前、在世界的运转面前、在自称为专家的人面前，感觉挫败和无力：世界本没有一个方向——只有艺术家游戏人生的策略，以及那位大牌艺术家成了你面前真正的赢家。

离那位踌躇满志的赢家不远处，展厅里搭了个日本歌舞伎式的舞台，一些当代装束的欧洲表演者，在上面舞动、走动或坐立。我完全听不懂背景中持续不断的德语朗读，根据介绍，大概是在读亚当·斯密的文章。我坐了挺久，原本是被它门口颇带挑衅的介绍文字吸引，期待有不依仗语言、我能明白的一些东西在表演中出现，但却没有。

我倒是喜欢另一间展室里，一个四块屏幕的录像作品。它拍一群年轻人，在两处截然不同的空间里，一处是看来干净利落、有落地窗和办公桌椅的室内，一处是泥泞、潮湿、落叶满地的户外绿地；年轻人在那里无声地匍匐，滚动，跌落，又执着地聚集，揪扯和运动。他们像是追寻一种必定要令他们无法释怀的集体经验。

那是巴塞尔的老城区，走到大教堂后边，俯瞰莱茵河。北方的沿河区域，一度就是罗马世界与之外蛮族的分界。因为读了些历史，我的眼前，似乎出现标示两种不同颜色、硬边分隔的地图。然而，关于那些时代政治，历史的说法总是统而笼之。它们从来没法说出，两边人们的丰富生活。

这可能正适合来展开下午一位舞者在街头的舞蹈。那是一个包紧臀部的中年男人，带了两个乐手和一大群小学生，在所谓两区交界的街道上，敲敲打打，蹦蹦跳跳，十足儿戏。我们原本满怀好奇，但在那些街上，跟了他们大半个小时，渐渐掉队。两区交界，然后艺术介入其中，边舞边进行，让种种历史和现实问题能如何如何……它被说得，像是件有纹有路的创作。但现场，实在随随便便，看不出那个舞者有什么特别的想法。

晚上又赶去 *D* 的演出。这的确是个很有想法的声音剧场作品，引入许多不同质感的声音，小高潮迭起。我相信里面有很多有趣的段落，可以在不同人那里，产生层次丰富的关联与联想。同时，我也明白了 *D* 所讲的实验，他的激进。的确，那里有许多可以让艺术实验冲冲杀杀的纵深和余地，但问题是，破除了边界，或不易界定，对艺术家和观众而言，都容易迷失。所以边界在哪里，仍值得探索。我们确实需要一些方向。

这些天，关于表演的一些想法，来自 *U*，来自所看到的一些现场，都在我脑子里盘桓。我在 RF 的工作室里，花了两天时间，为上海一家机构写了篇并不长的文章，名为《表演，澄清与世界的关系》:

a

2014 年，集体创作戏剧作品《世界工厂》最初版本时，对这个宽阔的话题，参与者的不同认识，不是统一而是被打开。倒是避免趋同、保留分歧，显得不容易。那个春天，有清醒阶级意识的新工人歌手、充满同情心的中产青年、无业文艺青年、颇有阅历的体制内中年、自由派愤世嫉俗者、国际老左、怀揣乌托邦激情的创业企业家等等（原注省略），这些来路不同的草民，积极地想在同一幅画面中，澄清自己对这个世界的看法。大家的表演，大都饱满，不时还会过火。

b

没有说服力的表演，大家都看多了。老派浪漫主义留下的说法，叫作没有灵魂。缺乏主体及主体经验的表演，是空洞的。我们因此贬斥二流的模仿。

欧洲前辈戏剧大师尤金尼奥·巴尔巴，钻研跨文化表演。那代人也喜欢冠人类学的名头，自诩掌握了表演的内核。我读他的书，去看过他的工作坊，却很怀疑。（原注：2015年，我旁听数日尤金尼奥·巴尔巴在上海戏剧学院的大师工作坊。他在示范中，让数位亚洲传统表演者去掉唱词、服饰、音乐等，演示他所认为的：其实不需要了解内容，那些表演仍然成立，那些形式才是它们的精华所在。我对此大为惶惑。被切除的唱词多为历史传奇叙事、服饰代表了阶位身份……）他对引为瑰宝的亚洲前现代表演，却轻率剥去它们的文化、历史脉络，带了旧帝国的目光，以为不用在乎它们的主体历程，也能超然把握内核和价值。他找到汲取自己传统以外技巧的融资途径，丰厚了自己的美学。但他对表演内核的解释，剥离了人家的主体，明显有问题。因此，皮娜·鲍什仍需发问，重要的是人们为何而动？

c

没有参与者会坚持认为，来“草台班”是学习表演。但他们中的绝大多数人，确实是从“草台班”起步，开始尝试和钻研表演，并经历不断的训练和工作坊。这不是悖论。而是，这些表演的磨炼，总与另一些探索动机交织在一起。那些动机，微观到对自身或日常的疑惑，宏观至社会、历史意义的困扰。表演的学习，与那些问题探索的发展和演进一起成长，或一起卡顿，或交错挣扎。

对周遭事物感受与作判断，是人之为人的题中之义。积极的响应，彰显出活泼的生命能量。当用栩栩如生这个词时，人们总好像是在指认某些出色的模仿。其实，那该是指本身具有的、其内部生命活力的泄露。表演的内在——主体性和其隐而不露的活力，来源于那些探索动机，而不是表演这种行为本身。这就是为什么，我喜欢向行为艺术学习。做行为艺术的活力，来自于去探索那些要做的事情，而不是要去表演“表演”。

d

2015 年、2016 年继续创作出的《世界工厂》版本，似乎更圆熟，但明显少了早期的凌厉。这是我们的内在产生了变化。当不断进入到一件事情深处，我们共同工作，获得相似经验，随之，态度也趋同了。几年来，那些工人的残酷生存状况，影响了包括我在内的一些持续参与者。对“世界工厂”主题的演绎，不经意地，更多卷入为工人命运而发声。我们也从早期蜻蜓点水的调研者，变成一些工人社区里熟门熟路的朋友，并持续介入到某地工人剧团的发动。内在与外在，表演与实干，这些相互渗透和映照，渐渐都发生着变化。在这个意义上，在一些人那里，艺术与生活同步了。

e

简而言之，“草台班”的表演训练和创作，是将自己，和所要谈论的事联系起来。

专业院校要求将社会身份“放空”，来作为表演学习起点，我则当作大忌。那种等待被塑造的表演术，适用于不问“为什么表演”的地方，诸如……因为，答案在那里是既定的。在“草台班”，草民已有的和正发生的生活和工作经验，体貌特征，品性习惯，都是重要资源。我叫作“因人成戏”——它首先是建立在对“人”尊重的普遍意义上。那样，个人才得以深入思辨或表达。我的工作，是充分调动起大家的敏锐和行动力，学习、挖掘、讨论或反省，促进对事物的认识和想象。尤为重要的，是寻找议题与自己的连接，诚恳面对。这样，表演，不是再现某种认识，而是成就了积极参与其中的人，成为行动主体。

f

如果把“表演”当成一种隐喻，那么，它可能指向了一个正准备表演的人，企图以此澄清与世界的关系。

g

皮娜·鲍什感兴趣的问题，多数从业者其实无法面对。在当今巨无霸的商品化文化生产系统里，不管想靠表演立足、谋生，还是盼望走红、暴发，人是不需要问“为什么”的。他们仅是受雇用者，与世界的关系已经被关闭。因此，职业表演道路，仍是通过外在技巧，去填充、修补表演者彷徨、无所依傍、为职业生活所煎熬的身心。远到虚情假意的“第四堵墙”、到养活着一大堆自称其徒孙的斯坦尼斯拉夫斯基表演体系，近至练就“身心合一”术之类，这些都仍有用武之地：去假设并未存在的内心，并伪装到自己都接近信以为真。

h

对“为什么表演”的回答，当然只可能是有限度的。言说即是表演一种，语言是思想的表演。表演当是为了使一些事情清晰起来。在那个场合，表演者在眼前，有话语、声音、身体、光线、空间；也或只是静默，乃至要聚焦于动作、姿态等，它们与聆听、观看，形成复合的现场。这种现场是肉质的（原注：2003年台湾剧场前辈王墨林向我解释盲人的空间感，他以“肉质”来形容，颇有启发）。肉质的意思，是希望跨过对表演作感官化或景观化的理解，而且，强调这种经验之于身体，是实实在在的，以及这个过程中表演者的主体地位。问为什么表演，也有如问，在这种实在的现场，人们要让什么清晰起来？

我关于表演的这些写作，也是让表演清晰起来了吗？

成为碎片

傍晚在 RF 附近的苏黎世湖边散步。那里昨天已有人安置下一处居住点。居住者明确划出了范围，并毫不掩饰自己的生活趣味，地上有鲜花、蜡烛、咖啡杯、红酒杯、装饰物和拖鞋。但不见其人。

去了 Rietberg（雷特博尔格）博物馆。在里面看到中国彩陶和早期瓷器。这些东西在许多中国的博物馆里展出，通常会带些土垢或残破。但这里的，它们的精致和完整程度让人惊讶。博物馆的下层，是个埃及“出水”文物展。

公元前 7 世纪，人们将埃及神奥西里斯等同于希腊神狄奥尼索斯，这种看法并非是巧合。神话中，这两位神都被切割成碎片之后复活，然后被奉为丰产之神。人们通过与复活相关的仪式和节日来崇拜奥西里斯。并且，狄奥尼索斯飞升入光芒之谜与奥西里斯太阳中诞生之谜也形成了类比……[3]

埃及与希腊，各位于地中海两边。那些文物出水的海面，曾是埃及与希腊往来的忙碌港口，数百年前地质变迁，它从人们的视野中消失，没入海中。展厅里一尊女神雕像，表现薄纱半遮半掩下的女体，雕刻技巧精湛。从对女性小腹的微妙起伏、年轻女性乳房和乳首形状的表现，

可以看到雕凿者极细致的观察和技术把控。想象当时雕琢者周围的某些风俗和生活趣味，他们若不是浸淫其中，怎会有如此细腻的了解，以及表现能力？

我好奇这类薄衣袒胸的神，是如何被类型化后，从埃及、希腊，一直延展到南亚印度宗教艺术，直至融入迁徙到东亚的佛像中？大概只有在暖和的地中海沿岸及东南亚，人们才能如此细致地观察和雕琢人体。东亚温带文化，没有这种便利，因此也不具有这种襟怀。我们那里，敞开襟怀的类型样式仍在，比如那些佛像，高度程式化。而由精妙细节带来的身体神采，却不常看到了。

回到住处，我从读书架上发现的一本齐泽克的书，后又转向另一本《我幻想着粉碎现有的一切：苏珊·桑塔格访谈录》，不时读到金句：

因为我们对碎片的形式非常敏感。有些碎片是由历史的残缺造成的，我们必须假定那些文字最初并不是作为碎片创作的，它们成了碎片是因为有些东西不见了。在我看来，米洛的维纳斯如果有手臂，永远不可能像现在这么著名。人们从 18 世纪开始发现废墟的美。我想对碎片的爱首先来自一种对时间的摧残、历史的沧桑的悲悯，因为以碎片的形式呈现在人们面前的东西曾经是完整的作品，有些部分遗失、毁坏或者消损了。现在，人们当然可以创

作碎片形式的作品，实际上这也非常有吸引力……[4]

如桑塔格所说，应该是残片无处不在。而碎片的意味，似有不同。一方面，它们尤其在我们所处的时代，越来越有了完整的意义。人们不正把现在，说成是在碎片化之中吗？或者，另一方面，当资讯纷至，如碎片般，但这也是在有限生命里，人们能够接近世界的唯一方式。这时，人的思考和想象力，在连接这些碎片的空隙时，展现出巨大的潜质。

苹果和月亮的故事

小闵已回到上海，早上我们通了话。他20世纪90年代初出生，读大学二年级时就参与我们的活动，现在是“草台班”的核心成员。我们聊了“南方行动”项目的申请，问他有没有可能请另一工人社区的社工芳芳一起参与，以及深圳工友们的近况、他主持“草台班”近期讨论的进展等。我建议他在读书、讨论中要观察、理解和协助每个不同的人——多数年轻人也已是成年人，都很难离开自己原有的思考惯性和逻辑；其次，要能看到、识别出不同人的思考方向，从他们已经掌握的知识出发，琢磨相互间带出的张力关系；再者，要往创作性思维上带，动用剧场的、身体的、空间的方式，避免让读书、讨论成为一种智者的权力游戏。

上午骑车去湖边的蔬菜瓜果鲜花集市，那里的人和东西，都很有样子。

晚上和美国的*J*联系。她仍教着书，做着戏。她跟我要了“草台班”前年和今年两版《苹果和月亮》的剧本去看。该戏缘起于对美国单口剧《史蒂夫·乔布斯的苦与乐》的关注——那部戏在2012年前后，引发美国公众对苹果公司的强烈批评，二十五万人联名签署，要求苹果对其代工厂的恶劣状况做出改善。我们以纪录剧场的方式做戏中戏，讨论美国独角戏演员迈克·戴西（Mike Daisey）的故事：他因演出那部关于苹果产品和生产它们的工人的戏，而引发轩然大波。戏的结尾，我们请观众每人拿出自己的手机，握在手里，听我们唱一首名为《我咽下一枚铁做的月亮》的歌。那是用生产手机的前富士康工人、诗人许立志的同名诗作谱曲而成。他2014年从工厂附近的立交桥上跳下身亡。

我咽下一枚铁做的月亮
他们把它叫作螺丝
我咽下这工业的废水，失业的订单
那些低于机台的青春早早夭亡
我咽下奔波，咽下流离失所
咽下人行天桥，咽下长满水锈的生活
我再咽不下了
所有我曾经咽下的现在都从喉咙汹涌而出
在祖国的领土上铺成一首
耻辱的诗

迈克·戴西的戏，在美国爆红不久，他因为在戏中虚拟了曾前往中国南方工厂，直接访问工人们，而让他原本证言式的戏剧演出，在美国转而成为一桩丑闻。因为媒体随后揭露戴西说谎，指出他并没亲自去过那些地方。媒体人纷纷出来指责他利用了他们。戴西则辩解，他戏中的内容，可能不宜作为新闻，但所讲的工人困境，样样都是真实的。他说他的真实，是戏剧的真实。而美国的另一些知识分子，则批评他暴露出新自由主义思路下的虚伪。

J是较早向我介绍这出戏的人，并自己也写过讨论它的文章。她提到一个观点，之前不曾讨论过，就是迈克·戴西身上所具有的后冷战影子，可能更甚于新自由主义对他的影响。他显然认定中国没有人权，并且是铁板一块。但J说，写出另一本书《打工女孩》的美籍华裔作者张彤禾，虽也在美国生，美国长，也是中产背景，可能因为她是华人血统，所以她较能看到其中的人……

J讲得有道理。但我又觉得美国主流社会对迈克·戴西的贬斥，更是因为他让他们整体上难堪了。我要争辩的是，美国精英们没法回应那个剧所高举的问题。戴西的做戏方法有伦理缺憾，他的态度中也暗含了意识形态缺陷，但那些源自工业革命的工人问题呢，谁能回答？这是《苹果和月亮》中，翻译并改编的他后来的台词：

我，来自缅因州的迈克·戴西，在经历那场风波之后，重新整理剧本，继续演出这出戏。我要告诉你们的是，无知是一个只能给自己的礼物——而且只能给一次。中国（作者：或我们可以改成“世界”）……是一个工人的天堂吗？即使是在我去深圳之前，在听我跟你讲从电脑屏幕上读来的报道之前。你一直都知道那些故事。我们一直都知道。而这就是那个谎言。那个关于我们视而不见的谎言，那个使我们编造说法、找借口、忘却、逃避问题的谎言。因为我们不喜欢和这些事情联系到一起。不想看到每一件我们触摸的，每一件我们拥有、穿戴、使用的东西上，都是由几百双工人的手触摸过的。那些手等于也触摸到我们。但金钱把这些手和我们联系在一起，而我们不愿承认这金钱背后的代价。在我们看到这层关系之前，我们永远不会认识我们自己。当我们知道这层关系之前，我们永远不会自由。

"草台班"的戏剧实验，是希望人们借由现场讨论和展现，而能回到行动场域，身体力行地反省与世界的连接。戏剧，或能在这样的剧场工作中凝结并形成。

时差七小时，我与上海保持着联系。下午，又跟小闵通了很长时间的话。他刚起床。

按我们的设想，那个生产"苹果"的工人们的剧社，要通过开社区戏剧课，来吸引更多参与者。但剧社的工友们试了一两次，效果不好，放弃了。还有，那位加入剧社不久，对表演很感兴趣的工人小鹏，一心想去生产电视剧的横店影视基地做群众演员。这种想改变自己的愿望，当然应该支持，但剧社其实能力有限，它并不是关于专业培训的服务性机构。反倒是，它必须有自己的主体性，有工作方向。他们是因为有了这个集体，才有了种种从这里展望人生的机缘。剧社老成员小卫，近来正在单枪匹马与公司交涉，保卫自己因管理层的傲慢而受到损害的权益。我跟小闵建议，若能征得小卫同意，剧社可从小卫的个案出发，通过讨论和剧场化演绎，去创作新作品。大家可与小卫一起，讨论她的遭遇，邀请剧社所在的工人学堂里不同的人来参与，问这时“创作该怎么做？戏剧要怎么办？”，以及联系另一处小闵熟悉的工人社区，带剧社去那里，作同样的讨论，同时也为那里的工友演出。这样，个人和集体都能在这个过程里，获得新的经验。剧社如此关心到个人，既能切实地支援到孤独的小卫，也能改变目前有点尴尬的低落状况，说不定还可以带动另一社区人们的学习兴趣。小闵听来兴奋，说这就跟小卫商量，她正为自己的事，指望受到更多关注。

安斯特他们的精神

V 姑娘带我去温特图尔。她也才二十出头，已经读过几年医，但不知为何，现要转去读文化研究的本科。她解释，是为了更好地继续她对社会和政治议题的兴趣。我们在苏黎世歌剧院附近换车时，走过歌剧院前的大广场，她又跟我讲起 RF 的来历，说那里曾是通过斗争得来的。

她的计划，包括要带我去她在温特图尔的住处。她对瑞士这一带的“占据”及另类文化不仅相当了解，而且自己就住在占来的房子里。

她住的那栋大房子，与街边的其他住宅，没什么区别。但细看，当然看得到另类文化的趣味，比如实用并略带粗犷的搭建、屋外的菜园、地下室里的酒吧和架子鼓、与涂鸦交织的墙面装饰。这栋房子六年前被占时，已经空关很久，内部曾破败不堪。占据者住进来，自己动手，把内部都重新加固、整修。他们住着，与街坊的关系也不错。她才来半年，在三楼有个单间，看着干净、温馨。

她说房子的主人很老很老了，没有能力照应。对于自己的产业被占，老人知道，但显然没有要驱赶的意图。若业主想这样做，警察很快会来驱逐他们。我又跟她去看过市区里另一处被占据的住所，已二十多年。据说，长期占据之后，他们的居住权利也会得到一定的法律保护，再想撵走，并不容易。*V* 姑娘老到地说，这些有志于占屋的，行动前会做充分研究，搞清状况才行动。比如，已列入改造规划的肯定碰不得。

“占据”运动曾在80年代风起云涌，至今已式微，但仍是欧洲都市青年抵抗行动的一项。青年人如何面对政治和生活的困境，占据具有行动性，又和生活及生活方式连接。它同时是表演的，创造着自己的舞台和空间。他们将自己的生活置于一种想象当中，脆弱而又强势，既是想象又是实践。但不以为然者认为，这些不过是种小圈子文化，十分小众。他们自己在这种“占领”中沾沾自喜，但对社会的进步、改变，其实不起什么作用。

我们去了温特图尔的老城。*V*带我在一家土耳其移民开的店里，吃了三明治。那是用土耳其面饼，里面夹了包括茄子在内的许多东西。老板娘强调，这是“哈桑三明治”，举世独此一家。

晚上我们看戏。演出是在温特图尔郊外的工业区，那里像个户外体育场，是为演出特建的。戏设定在未来某个时段，开场是如我以前在新加坡所见的塑料草坡景观。我想，*V*的未来想象，该与这个戏的编导不同吧。但即便这样，他们真的有分别明确的未来想象吗？后来，戏中的未来环境遭遇垃圾围城，上面扔下、下面涌出的垃圾堆满舞台。现在，想象未来，总不得不要用上很多特技。未来似乎必定是关于技术的。

*U*又来接我，继续我们的瑞士山野之旅。这个行程，同时也成了*U*的往昔之旅。

他开场便说自己是受1968年影响的一代。这话让我听着耳熟。他十八九岁吸食大麻，说那是初次意识到，世界不总是如已知、已感受到的，或如别人告诉的那样。这令他眼前豁然开阔。他学过些表演，二十啷当岁，在苏黎世老城区颇有声誉的新市剧场当过导演助理，也进电视台学习电视编导。在电视台的高层大楼里，他意识到，那种媒体运作的基本思路，就是自上而下去掌控社会，他对此反感，决意离开。1968年对于他的重要性，是压抑着的头脑被引爆了。他又被中国“文化大革命”的浪漫主义情怀感染，并受到启发。在那个历史瞬间，回到农村当农民，去到工厂当工人，是在创造未来。那么，艺术就要来到公共空间，走向公众。他下楼去了对面的一个马戏班子，想着那是底层人的快活方式。他敲响马戏班的门，跟老板说，他想成为戏班的一分子。老板回答，这是一个真正的巡演马戏班子，不是有华丽剧场的家族马戏团；说如果*U*愿意和他儿子一起表演的话，或者可以试试。不过，那样的话，*U*得先去学走钢丝。那时他二十二岁，在里面像个学徒兼打杂，学习走钢丝，自此开始了他那段对绳索和大众剧场的探索。他说往日的同事们，可以在高层办公室的窗户后，看到他在大楼对面的小院子里，每天从钢丝上跌落又上去。在绳索上走，看起来好像简单，但他为此摔裂过不少根骨头。后来某一天，戏班临时缺个小丑，他只好顶上，并开始练小丑表演。他说马戏班的里里外外，表面上总是乐于讨好、娱乐别人，社会形象温和。但其实，那是个半地下的江湖社会，甚至是种反正统的存在。里头有避世的流民，他在那里遇到过逃犯、杀过人的、犯了不知什么罪错的，或想逃离社会的形形色色人物。

他一度成了一名钢丝上的小丑。数年后，他离开那个马戏班子，开始自己当导演，做介于杂技和剧场的创作。他说那些作品都很有实验性，没法在商业剧场演出，他因而成了戏剧节的常客。

傍晚，他带我去了一家酒吧，他熟门熟路，在那里宾至如归。他说，当地的“坏家伙”们都去那里——我看到户外的树荫下，坐了些上年纪的男人。我们在一个人面前坐下，*U* 介绍他叫托马斯，曾骑了马周游瑞士，他也在 *U* 的剧团里帮过两年工，做木匠，修修补补。我也讲起，我住的上海斜土路上，那些老了的泼皮，过了中年，不少就在附近开家面馆为生。晚上的面馆里，总有一桌是烫了黄酒，上了炒菜，老板自己用的。他们每天照看着生意，也当然要聚聚老兄弟，不过只是酒酣耳热，东拉西扯罢了。有位住纽约的老上海，喜欢用上海话写歌发到网上，其中有几句我过耳不忘：说是“流氓老了，头顶秃了；拉三老了，勾头缩颈……”。“拉三”是 70 年代前后沪语里的流行词，特指女性流氓。

倒了两种不同的火车，到了山里安斯特的家。安斯特七十六岁，他的女儿B和她的中国丈夫小峰都是艺术家，常年住柏林，夏季才回瑞士山里与老父小住一段。

傍晚外面的雨时下时停，小峰拉了我去采蘑菇。中国农村长大的小峰，早已熟谙此道。他说在这里附近采了吃过的蘑菇，已有三十几种。我们收获很多牛肝菌，大的，像小脸盆，晚上煎了，和他炖的羊肉一起，吃起来十分鲜美。安斯特拿出自酿的水果烈酒。这是种山里的农家土产，我们喝着，聊到半夜。

早上，随安斯特一家，去一个卖乳制品的山村小店。一路漂亮的瑞士山野，根本不见人，但卖东西的店子里，居然还排着小小的队伍。我请他们推荐，买了些干酪。下山路上，小峰又找到更多极大极好的牛肝菌。他借了我的交通卡，当割菌的刀子。

虽是8月，山上不时会有些冷，屋里居然还生起了火炉。回来，我们围炉聊天。B最近正将一个针孔成像摄影装置，放进河里漂流，那是她的艺术。阳光透过装置上的小孔，会在箱内的照相纸上感光。之后取出冲晒，便会看到光在相纸上形成的晃动的光影。

有趣的故事是，B用来做艺术的箱子，从河上漂过，岸边偶尔有人朝它扔石头，也有人做各种猜测的谈论。更有人，因怀疑它可能是恐怖装置，而报了警。他们说，它会不会是从青山绿水间漂过，要去炸下游的一座桥？它漂浮的那段河流，是瑞士与列支敦士顿的界河，箱子其实是在国境线的左右漂浮、移动。所以两岸荒山僻野间，突然赶来了两国的警察，奔向并试图拦截那只箱子……才发生不久的 *B* 的创作逸事，听起来像是杜撰。

下午，我独自去屋外山坡上转转，走到一处大树下，看到竖了块不大的奇石，周围略有些人为的装饰，看着有些年了，像是某种文明遗迹。后来知道，这是安斯特太太的墓。她是个德国人，爱好文艺，过世有十来年了。现在他们一家担心的是，安斯特老了，年轻一代的 *B* 和小峰，没法想象他们能回来，继续这里的农村生活。这个生活了几十年的家，将难以为继。

临走，老安斯特送了我一瓶他的水果烈酒。他在瓶身上面写了：

The Spirit of Sternenberg.（斯特伦伯格的烈酒精神）。

昨晚从山上回来，在火车站附近，看到满地垃圾。那是苏黎世一年一度街头狂欢游行留下的。还有就是，亢奋，或随时打算亢奋起来的人群到处晃荡。

上午去 RF 的工作室。那里，不少人坐在湖边日头下，或耷拉着头，或虚眯着眼，像湖上波光一样缥缈。他们看来从昨晚就没散去过。或者，他们是在等待，等待晚上继续的音乐派对和痛饮。他们的趣味，或与某些旧的激进时代有着关联，但肯定也只徒具形骸了。他们让我感到只有当下，只剩现在。他们的等待不关乎未来，只是些感官要求的快速兑现。

好朋友 *H* 终于从夏日旅行中回来。于是，晚上就在他家的阳台上，吃他和太太的拿手意大利面，就着欧洲漫长的傍晚天色，白云苍狗，说东道西。

H 喜欢探讨一些事情，但也常会因此愤懑。他四下旅行，却常因一些不满，中途折返。那晚，他又若有所思地问起，20 世纪 80 年代末，我只身去澳大利亚的原因。我说倒并不主要关乎那时的社会环境，而是因为年轻，想看世界。后来在澳大利亚，但凡每次作此回忆，这个“去墨尔本看世界”的构想，总会惹些当地朋友笑话。当时的某位澳大利亚总理，曾不经意地说过，澳大利亚是在世界的屁股上。我去“the land down under”（直译为“下面的土地”，澳大利亚因其地理位置而得的别称）看世界，确是有些没见过世面。但我那年纪，“生活”就是不得不在别处的。

夏日余晖，落日熔金。我们聊到我所遇到的、受 60 年代末社会运动影响的那代西方人，比如 *U*，我的美国朋友 Chris（克里斯），坐在面前的 *H*，以及 *H* 也很熟悉的安斯特。安斯特一谈到自己，也是开口必讲，受那场学运的影响，因而尝试去改造自己的生活方式。他因此在山区买下农场，每周一小半时间在大学教书、做科研，一大半时

City

间在山里做农夫，学做从前不会的农活，牧羊，养蜂，有了那个家。我告诉 *H*，说去过安斯特那里，感慨后代要做艺术家，只好选择在大城市生活；这么快，就已否定了安斯特他们改造生活的努力。他们最终全都会离开那块经营了几十年的土地，这让我感到悲哀。*H* 不同意，说那是安斯特的乌托邦，不是他的孩子的。

他说，梦总是要结束的，结束了旧的，才可以开始新的。

在 RF 附近湖边散步。近来，那处成了流浪汉暂住点的地方，地上东西显然已日渐零落。今天，唯看到一张光秃的床垫。那人大概是走了，流浪去了别处。

如何谈论我们要谈论的

在工作室为下周艺术学院开学备课。中午，苏黎世戏剧节艺术总监 *S* 约了一起吃饭。我们说起 *U*，他说那是前辈，曾是早期戏剧节上的重要艺术家。*S* 的年纪五十上下，已在艺术总监位置上十年。马上开始的戏剧节，是他任期的最后一届了。他要再度请 *U* 回来。

我问 *S* 十年中欧洲剧场的最大变化。他眼都不眨地说，是纪录剧场。如今纪录剧场遍地开花，并成为一种普遍被接受的美学，融入各种剧场创作里。但他已担心，这种不断挖掘他人私有领域的创作，现在是否已过分逾越。

橘生淮南则为橘，生于淮北则为枳。也在大约十年前，我开始关注纪录剧场。起初是想找出在剧场中能直接处理理论内容的方法。后来接触较多的，是德国的纪录剧场。与德国年轻戏剧人 *T* 的往来，让我更有机会从内部了解。再后来,《世界工厂》的创作，我大概因此能沉下心来，花四五年的时间去调研。对纪录剧场的尝试，也为后来南方工人剧场实践带来影响。旧的民众剧场套路固化，不管怎么做，跟谁做，做出来都是它那种面貌。它强调道义立场和方法论，带着旧意识形态工作的烙印，也总要凸显自己的启蒙者作用。纪录剧场的趣味，则是那种扯平了的民主。它的思路，是要寻找让现实或历史，直接站出来表述的方式。这给我们走近工人社区的社会剧场带来新的启发。我们始终需要找更恰当的形式，让人的现况和问题，怎样如它自己的样子展开。这也让戏剧工作本身找到主体，它不是工具，而是一种创造的过程。

我开始在RF见到那些陆续度假回来的朋友。*N*是位年轻的剧场导演。他最近在写作，说戏剧文本跟文学作品真还不一样，它总要等待最后演出，来提供、充实细节，才得以完成。而文学，文字的那个样子，就是它完成的样子，是创作者工作的终点。我们坐在湖边餐厅门外，喝啤酒，聊散漫话题，兴致盎然。

他讲来之前，刚去学院与学生讨论创作。几个年轻人花了两个月去保加利亚，因为他们中有一个保加利亚人，曾讲了不少当地边境上的难民问题，引来同学们的兴趣。他们跟着她跑到那里，在边境林子里转悠，与巡逻民兵接触，也采访了不少相关的人，但他们始终没直接遭遇到真正的难民。这让他们感觉挫败。*N*讲完，我们都笑起来。这伙人的挫败，是整个事情中最有意思的地方。意想不到的问题，在这里真成了问题。它让我联想在河里漂流的*B*的箱子所引发的种种故事。人们对政治、社会的认识和想象，现在是在和媒体的相互作用下产生。其中有多少现实本来的样子，有多少属于被话语堆积成的那个样子？

傍晚，在“草台班”的社交媒体群里，看到建和发的诗和自评。

行驶死亡的汽车

一天十二小时的工作
时间一寸寸沁入我的皮肤
谁看顾谁的生死

谁看顾谁的生死
你有青椒
我有苹果
宴席过后　各自忧伤

自评：当前的问题是什么？当前的问题很多。有根本买不了房子，还有即使在老家买房子，也住不进去。这是一个。还有，以后孩子的教育；高考的制度如果不能改变，孩子的教育就会和我们一样，就像是沙子从筛网里漏过，什么都剩不下，剩下些枯枝败叶，生命都全部剥光。这是一个。还有看病，要看病的看不起病。

做戏剧看不到对这种问题的解决希望。这种生活没有任何希望。

我想，他的最后一句，也可以是“这种做戏没有任何希望”。在欧洲，我们谈论的种种，是否能帮助我更好地进入自己的问题？

建和的这些，让我想起自己刚工作时的两位工友。小王和小李，他们都曾当过知青。那时他们回到上海，早已三十多。我才二十。小王性情阳光，喜欢自己那段插队遭遇，认为是最宝贵的人生经验。他说，那里有我的青春呀。小李寡言，日常也有些阴郁。他则痛恨“文革”，尤其自己的上山下乡经历，若说起，一定恶语抱怨。真是“你有青椒，我有苹果”。我在留言里问建和，如果能活到九十岁，他还有三分之二的时间，将为什么而活？这么问，是因为我以前也这样考虑过，当时给自己的答案，影响了之后这些年的工作。

还有，我简单复述了一位英国艺术史家贡布里希讲过的故事：在纳粹统治的头几个月里，一位重要学者在报上公开发表文章，反对大学中的清洗活动。文章刊出后那个晚上，他和他的朋友等待着要命的敲门声。他们以演奏室内乐，度过那个漫长的夜晚。贡布里希写道“我想不出比这更好的例子来说明现实世界价值的地位了”。[5]我想，他尤其是在讲艺术的价值。那些价值，帮助他们抵御要命的恐惧。我希望建和能勇敢些，但不是很乐观。

挺晚了，我从 RF 的工作室走出去散步。离得不远处的一大片湖边草地，一年一度的苏黎世戏剧节正开始。在那里的一家酒肆前，意外遇到了中国来的“*R*”剧组，参与其中的 *T* 和 *J* 是好朋友，我知道他们的行程。*T* 才从柏林过来，*J* 的美国航班晚点，还没到。

下午又在湖里游泳。现在，当然不再觉得冷。可惜过几天要开学上课，估计马上也就游不成了。

T 约了要聊聊，我们一样坐湖边餐厅门前。我说起因为家人生病，改变了这上半年里的时间安排，原来连绵不断的工作被斩断，生出许多空隙。换个说法，把工作停了，时间不再只是一项项工作的组成物，它回到了它自己，在我方向不甚清楚，像是漂浮的生活里。这当然不都是我主动的，更有被动一面。理解时间，以及与生命的关系，我们从书本中能接受不少间接经验。但今年的这一段，对于我，它确成为真实的身体体验——强化了的对于时间的感受。我因此谈到好朋友，台湾剧场前辈大墨，谈他自诩台湾"戒严之子"的自我体认，以及他患癌症遭遇的能活"一到十年"的生死诊断。从在台湾出生起，在近四十年的国民党"戒严"之后，他不断想从中自拔。这种自拔却也成了一种塑造，若辩证地看，更是无从自拔。去年，他的"一到十年"过期，之后算是新生吗？还是说，对时间的设定，以及人与时间之间惯常的默认关系，其实并不那么容易归置我们的生命？

我和 T 数年前在重庆的歌乐山上，探讨过身世和病痛的问题，还打算一起以某种方式，将讨论放进剧场里。他与 N，这两个三十几岁的欧洲年轻剧场人，都思想开放、敏锐，勤于思考，言谈散发着书卷气。N 有复杂的犹太家学背景，亦有些世家子弟的名士气。T 身上，则是出自底层移民惯有的勤奋和低调。

回去看到建和又在社交媒体群里挑衅。他似乎有些压抑，责问我们为什么不讨论戏剧的本质。我只好回复：

建和，近来断续发回的苏黎世笔记，不少都跟所谓戏剧的“本质”思考有关吧。这样的讨论，我们十几年来，不同阶段，不同的人，有着不同的兴趣和方向，但讨论并没有停过。“草台班”不只做戏，更倾向于讨论戏剧及剧场是什么（我的“逼问剧场”提法）。但说实在的，社交媒体不是一个讨论这类问题的平台，三言两语，经常词不达意，言语误区重重……

“贫困戏剧”也有译成质朴戏剧或穷干戏剧，葛洛托夫斯基的那本《迈向质朴戏剧》20世纪80年代就有中译本，影响了国内最早如牟森他们一代的实验戏剧，力量很大。但葛氏写的那本书，后来自己都作他论，走向了另外的方向。本质是在发现中的。基本上来讲，无所谓真理，人真正追求的，应是减少谬误——这来自于前几天读的苏珊·桑塔格。

要有兴趣，可私聊……

傍晚突起暴风雨，主办方停了戏剧节所有演出。回去看完那本小书《你一定爱读的极简欧洲史》，里头的一些讲述，帮我思考过往或现实是该如何被谈论。读到过的历史，多数是历史人物与事件的历史，但也总该是人和粮食的历史吧。

大城市的食物本要靠乡村的谷物供应，可是谷子很重，无法靠陆路用马车迢迢运来——因为它会腐烂朽坏，价值尽失。罗马的谷物是从埃及漂洋过海运来的，远比其他的运输方式便宜。罗马帝国后期，政府为了讨好人民，还会对罗马的谷物配销提供补贴；当年的罗马就像今天的第三世界城市，有如大磁铁般吸引人口蜂拥而至，却无法供应这些人的生活所需。当年的罗马不只提供免费面包，也会定期在圆形竞技场举办大场面的娱乐节目。罗马讽刺诗人尤维纳利斯（Juvenal）就形容，这个政府是靠着“面包和马戏表演”才得以苟延残喘。[6]

我们该怎么谈论我们要谈论的？诗歌、剧场、历史、理论，种种不同的途径，试图把碎片一样各自为政的现实联系起来，找到可以帮助我们理解自己的出路。不时地，我们也总要迷失在这些蜿蜒而又交叉的路径里，且行且退，左右环顾，有恐慌，也有柳暗花明。

坐到剧场里，我又看了一次“*R*”。戏中使用纪录影像，里面的那些知识分子，似乎没有像之前那么夸夸其谈了。但 *J* 说，离我第一次看的版本，影像其实改动不多，但确是加入了更多舞蹈。作为欧洲人的 *T*，特别注意到有不少上了点年纪的欧洲女观众，不时为剧中展示“文革”中女权被践踏的部分笑出声来。想起数日前，与 *J* 在社交媒体里提到冷战思维的绵长影响，是的，这不正中了那些思维定式的下怀？那些所谓“政治正确”的艺术，跑出来，确是被喜闻乐见。

剧中介绍中国“文革”时代尤其倡导的“三突出”创作法则，即：在所有人物中突出正面人物，在正面人物中突出英雄人物，在英雄人物中突出核心的英雄人物。台下，当然照旧都是会心的嘲讽笑声，好像它有力地揭示了在那个东方国度，艺术是如何被意识形态以可笑的方式绑架。今天坐在苏黎世的剧院里，我突然意识到，那种意识形态化的美学法则，哪里是政治压力下的中国创举，而根本是我们学来的西方古典审美，至少它来自从文艺复兴开始的欧洲美术。但谁来关心，这些文化交织背后，即当西方美学被引介到中国之初，关于什么才能将我们的文化带向现代化，曾带动多少有识之士的争论和尝试……

戏中一段，舞者演示“文革”样板戏中的舞蹈招式“小鹤立式”，它来自对西方芭蕾加中国传统舞蹈的引用——在前者，亮虎口以示革命气概，于后者，展兰花指暗喻女性美，“小鹤立式”在中西之间，做了折中选择，它将两者兼容并蓄。在芭蕾舞创作中，这样的折中，并非易事。我的理解，这有着从“五四”新文化运动至延安革命文艺里，对传统和民间的时代认识。也可以换个角度去理解：艺术总是在一招一式中，蕴含了我们对人世间的态度。

J 发给我一份与舞者合作新作品的计划书，抽时间读了，写得很棒。她把一本作为灵感来源的小说，分析了个通透。创作舞蹈新作品的路径和步骤，她也都规划了。当然，这只是计划，打印出来是几张纸而已，舞蹈还全然没有影子。她写的，只是预想的出发点，现实点来说，这仅是一纸申请。有项目有舞蹈，没项目，作品也就不一定会有。但我好奇，舞蹈能这样拍脑袋动笔头得来吗？当然，或者可以这样开始。而这种写作的能量，对舞蹈的产生，是种什么样的影响？

想起来，一位剧场前辈曾反复跟我强调：论述很重要。这显然已是历史经验：理论的制高点，通向权力。

我与 *U* 继续我们的漫游和闲话。

我们去了附近山里，那也是他童年常来的地方。缓缓上山，沿途安静，路边是溪流，一直延展到一处不小的瀑布下。这里有些上个世纪留下的利用水力进行生产的工业设施，有些一度使用，有些并没完成建设。后来，这种水力被电力取代。我们沿着溪流一路出去，竟还有不少利用过水力的棉毛纺织厂的遗迹。*U* 依稀记得，最晚约七八十年代，那里还开工生产，机器声隆隆。当然，它们现在都被远在中国的工厂取代了。

一路上，我们聊到以前的艺术家，有能说的，或有不擅长言说的。但现在，西方艺术学院出来的，多数不深究技艺，却擅长分析、把玩各种理论概念。尤其自概念艺术之起源，“说”已是一流的工作，“做”反而成了二三流的事情。他们或反现代主义艺术走向唯美之物的生产，却也将现代性中的头脑与手脚、思考与行为的二元分裂，继续推向极致。至少，现在很多创作，不都得从编写提案开始吗。

与 *U* 合作的退役杂技演员小丁，在上海演出之后，给 *U* 写了一封信。尽管小丁有超常的杂技身手，但他信中所谈，大都来自于对事情过程的思考，而非身体体验。显然，我们的教育总围绕内容、情节、故事，或微言大义，几乎不引导对身体感受的表达。平日里，看到的主流文艺，也大都由情节主导。反而，身体感受，常被看作是临时的、不可靠的经验。我们当代的西化教育里，对于个人身体的知识传播，并不如对于外部科学知识那样注重。比如，我们几乎不会深入讨论呼吸，不会去研究呼吸的技巧，即便呼吸对人的存在绝顶重要。*U* 说笛卡尔讲“我思故我在”，贻害至深。思考只是一桩身体行动。安静下来，观察、感受、放下思考，这才是存在。

在 *U* 的家里，我看到柜子上的一件雕塑：头、躯干和手脚，都超乎平常角度地扭向反方向。在那里，我们还看了些他早期的表演录像，有小丑和走钢丝，也有后来的剧场作品。

他在马戏班子里演了四年杂技，也一度与驴和山羊合作演出。后来他用走钢丝摔伤的赔偿，再凑凑，从荷兰买来一顶原来用来跳卡巴雷舞的大帐篷。那顶巨大的帐篷，内饰是新装饰艺术风格，有好几百面镜子，非常别致。他与朋友们借此创作了熔餐厅、杂技、马戏与剧场于一炉的演出。开始观众入场，落座点餐，吃喝。*U* 坏笑着说，那些侍应、酒保或厨子的服务，看起来糟透了，但一会儿，他们原来都是各怀绝技的演员。这个作品从 80 年代中开始，辗转欧洲各地，一演好多年，非常受欢迎。这个作品之后，他继续与杂技演员合作，在帐篷里，在户外，演出他自认为兼容杂技和剧场的作品。据苏黎世戏剧节的老人讲，在早期的戏剧节上，他们总是十分抢眼。

在上海，在苏黎世，我们是两条不同线索或路径的偶然交错，彼此都有些意外，隔了代际和文化，却欣然相汇。我给他看了我们的戏，“草台班”《小社会》和《世界工厂》的一些录像片段。他很被其中的那段超长独白《我们叫……》吸引，它是关于，人在不同的身份里怎样相遇。

我：[大声地] 我在这里叫你们什么？我叫同学！叫你老师！叫你教授！叫你同志！叫你先生！叫你小姐！叫你老板！叫你大老板！叫你师傅！叫你兄弟！哥们儿！服务员！服务员听见我叫没有？服务员，不要把拿碗的手指伸到我的菜里，你的手指指甲不卫生，你不是先生，不是小姐，不是帅哥靓女，你要知道你的工作，站正了，走稳了，干你该干的活儿，你不许磨磨蹭蹭，你不许交头接耳嘻嘻哈哈，你不许没规矩，不许打瞌睡，不许玩手机，去服务，来服务，我叫你服务，我叫你服务员！我叫你阿姨！我叫你大哥！叫你叔叔！叫你司令！叫你傻 × ！叫你色情狂！叫你办公室主任！叫你舆情分析师！叫你天文学家！叫你老木匠！叫你小资！叫你专家！叫你土方车司机！每一个称呼都是一个路口，通向不同的人生界面，三心二意，四通八达，你说你叫我运土方的卡车往哪里开？往哪个方向开？往哪条道儿上开？我的车上是十几吨我们立足的土壤！只有你能告诉我，我叫您领导！您眼睛很小，您目光很远，您保养很好，您婆娘很妖，您身材不高，您架子不小，您有架子，您住大房子，管着用着捞着大票子，进出是车子，接班是儿子，送出国是孙子。我叫你孙子！叫你小儿科！叫你神经病！叫你上访被打的！叫你少数受蒙骗的群众！叫你底层！叫你小人物……咦，你原来不是叫书记，叫党委书记吗？不是叫厂长吗？不是叫主任吗？不是叫村长吗？我叫你山娃子！叫你泥腿子！我叫你妇女主任！我叫你拖拉机手！叫你壮劳力！叫你合作社社员！叫你人民公社社员！叫你小队会计！叫你知识青年！叫你先进工作者！叫你老黄牛！你说四十年前，因为喜欢邓小平你天天摸了石头过河，因为喜欢邓丽君你把小城搞得故事多！小城从此翻天覆地，涌进来的外来人口和台商港商呀，将你家门口变成花街柳巷，你说以前吃不饱，现在每天摸完石头摸屁股！我要听细节，叫你讲细节，叫你讲故事！叫你说书人！叫你相声演员！叫你民间艺人！叫你流浪艺人！叫你小摊小贩！叫你小老百姓！叫你工薪阶层！叫你蜗居的！叫你吃低保的！叫你散户！叫你股民！叫你股神！叫你操盘手！叫你股市行情分析家！叫你投资失败人士！全中国有多少股市失败人士！你两眼泪汪汪地看了窗外，心思像面孔一样灰暗，心情像交通一样混乱，你成了个被市场无情证明的废人，你是错失时机者，酿成大祸者，葬送财产家庭婚姻前途子女工作生活人生理想的人，他们叫你债务人！你把钱的游戏玩输了，一切将依法办你！我没叫你打开煤气！没叫你吞下药片！没叫你割开动脉！没叫你跳下高楼！我不想叫你一个自杀的人……

学生和老师的艺术生态学

There is an ecology of bad ideas, just as there is
an ecology of weeds.

Gregory Bateson[1]

The Earth is undergoing a period of intense techno-scientific transformations. If no remedy is found, the ecological disequilibrium this has generated will ultimately threaten the continuation of life on the planet's surface. Alongside these upheavals, human modes of life, both individual and collective, are progressively deteriorating. Kinship networks tend to be reduced to a bare minimum; domestic life is being poisoned by the gangrene of mass-media consumption; family and married life are frequently 'ossified' by a sort of standardization of behaviour; and neighbourhood relations are generally reduced to their meanest expression . . . It is the relationship between subjectivity and its exteriority – be it social, animal, vegetable or Cosmic – that is compromised in this way, in a sort of general movement of implosion and regressive infantalization. Otherness [*l'altérité*] tends to lose all its asperity. Tourism, for example, usually amounts to no more than a journey on the spot, with the same redundancies of images and behaviour.

Political groupings and executive authorities appear to be totally incapable of understanding the full implications of these issues. Despite having recently initiated a partial realization of the most obvious dangers that threaten the natural environ-

ment of our societies, they are generally content to simply tackle industrial pollution and then from a purely technocratic perspective, whereas only an ethico-political articulation – which I call *ecosophy* – between the three ecological registers (the environment, social relations and human subjectivity) would be likely to clarify these questions.[2]

Henceforth it is the ways of living on this planet that are in question, in the context of the acceleration of techno-scientific mutations and of considerable demographic growth. Through

就像有野草的生态一样，也有坏思想的生态。

——格雷戈里·贝特森

地球正经历一段紧张的科技转型期。如果不能发现补救措施，由此引起的生态失衡将极大地威胁地球表层生命的延续。伴随着这些巨变的是人类的生活模式，个人与集体都逐渐走向退化。血缘关系网减至最小值；民主生活被大众媒体的消费毒噬；家庭与婚姻生活被一种标准化的行为“僵化”；邻里关系大致上也只剩下最刻薄的表达……是主体与其外在之间的关系——无论是社会的、动物的、植物的还是宇宙的——以这样的方式妥协了，在一种不公平且幼儿化的运动中。差异性将失去其所有的粗粝。例如，旅游业，通常不过就是某一地点的行程，不断重复图像和行为。

政治群体及执行当局似乎完全无法理解这些事务的全部内涵。除了最近才了解到那些威胁自然环境的最明显的危险，他们仅仅满足于简单的工业污染治理，然后形成技术统治论的视角。然而只有道德——政治的衔接——我称之为生态哲学（ecosophy）——在三种生态体（环境、社会关系和人类主体）间的这种衔接才有可能阐明这些问题。[7]

上午9点，我从城市的一端，赶到另一边。除了新学生们的面孔，又见到了*O*和另一些老师。

艺术学院的课程开始了。这个以实践为主导的课程，跨越不同文化背景和艺术媒介，这些硕士生欧亚各半，专业背景从音乐、舞蹈、戏剧、设计，到电影或当代艺术，涉及广泛。这些大都1990年后出生的学生，要在一个学期里，尝试合作，完成小型的集体创作。我担任部分教学已数年。今年定下的学期主题是“生态”。作为参阅读物的瓜塔里的《三个生态学》，一早就发给过大家。

第一天下午的课，讲如何认识“风景”。人所提及的风景，它必是画面的。由人取景，背后脱不开甚至可能有很强的建构意识。一百多年前在苏黎世贩卖的风景明信片，会将阿尔卑斯山移花接木，安置到苏黎世湖景的后方，生造一种典型化的“瑞士”，以吸引外来游客。“风景”的属性不是自然，而是文化的。

这解答了一个我很久以来的问题，中国传统文化高峰之一的水墨山水画，历代画家为什么绝少画纯“风景”？绝灭人迹的山水画凤毛麟角，多数总有人存在其中，通常微小；有时不见人，却仍见人的痕迹，比如山势转弯处的几笔路阶、茅亭，或湖中半隐的简笔渔舟。在传统中国人对自然的想象中，人是山水的尺度，由人而知山之深、水之阔。而因此人总与山水同在，微小，却是不懈的。

风景当是一种乌托邦的存在处。

学生们来到市郊的林子里。那位植物学家提前做了不少准备，她希望带给大家一些关于森林的知识和思考。

但在最后每小组的总结呈现时，一位上海学生却直说，她很失望。因为感觉这样的安排，正反映了我们对自然环境的忽略。她说，大家从火车上下来，走到林子边，听讲一些植物知识，然后便开始议论起人与森林的种种关系。但所有人都站在石子铺的道路上，都没人真正踩过泥土、踏进林子一步，哪怕去站一会儿，去看看和感受。她说，这样看来，我们其实不关心森林，只关心自己：为了人为的知识和辩论，沾沾自喜。

我们请来的、讲自己非常喜欢森林的植物学家有些尴尬。但现场没有任何人，以任何理由，去正面回应上海女生。大家随后跟着，走去一处小山坡。傍晚，我们就在林子里一片稍为改造过的空地上，在坡上树下，或坐或站，男男女女，喝酒，烧烤，野餐，闲话。是不识庐山真面目，只缘身在此山中吗？总之，我们慢慢耳热酒酣，在夏末的林子里，直到天都暗了，不再讨论森林，只想着，怎么可以走出去。

非空间或非场所是法国人类学家马克·奥热提出的新造词，指的是稍纵即逝的人类学空间，在其中的人类是无名的，且该空间没有足够意思以被当作是“地方”。例如，高速公路、旅馆房间、机场和商场。马克·奥热在他的著作《非空间，超现代主义人类学入门》中介绍了这个概念。[8]

一位学生介绍她以前的一个创作项目，是立足于对“非空间”的兴趣。我从网上查来它的定义，觉得远不如自己多年前在天上想到的有趣。有一些年，我热衷于旅行和写作，对坐在飞机上的时空，有种奇怪的感触。虽然航班会告诉你，我们正飞在哪里的上空。但那只是上空，而且在移动中。它除了是在飞机上，其实不属于任何地方。我们从一处飞到一处，移动在时区间，空间意义含混，时间上也可疑。那位法国人讨论的举例，其实蛮实在。倒是我的“飞空间”，显然更不是“地方”。

而数年前，遇到一位西非的塞拉利昂艺术家和活动家。他说欧洲殖民者到来之前，非洲人的剧场，即是圆形，席地围坐。欧洲人来了，才不得不改成他们带来的礼堂式。所有观众席一排排面对舞台上的演员，演员面对观众。在那样的空间安排中，演员和观众，被中间那块不能有人的地方，严格地分隔开来。若那里可以被看作非空间，倒是可以牵扯出非常复杂的意思。

在小宓和 *C* 共同主持的课上，她们让五组不同的学生，将同样十六个词，去做排序或组合。这些词是：创制、计算、感觉、爱、合作、共生、生命、差异、灭绝、智力、生态、随机、水、噩梦、物体、记忆。结果很有趣，五个组依据不同认识和逻辑，为这些词编造出了完全不同的故事和意思。其中一组，甚至还把一些词切开，重新拼接，连缀成新词，生出不同的词义，形成看待世事的新视角。

其中的一组：

生命

创制

水

生态

物体　智力　噩梦

随机　合作

爱　记忆　感觉

计算

差异

灭绝

共生

因此想到，对生态的理解，或不同于风景的建构性；但去阐释生态，看着怎么都是一个非常具创造性的事情。

P 在筹备时的沟通邮件里说："在这个实践型的工作坊中，我们的目标是提倡一种包容的态势——不要求所有人做一样的事，而是去创立不同角色，使得观察者或参与者能有空间来互动。

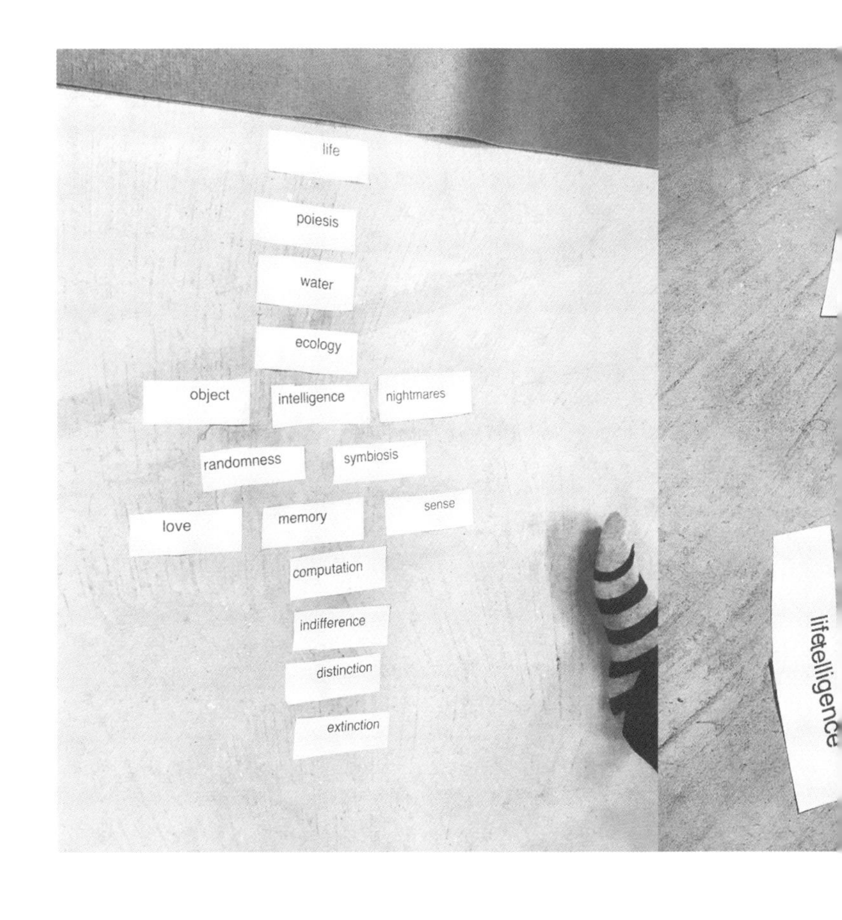
life
poiesis
water
ecology
object
intelligence
nightmares
randomness
symbiosis
love
memory
sense
computation
indifference
distinction
extinction
lifetelligence

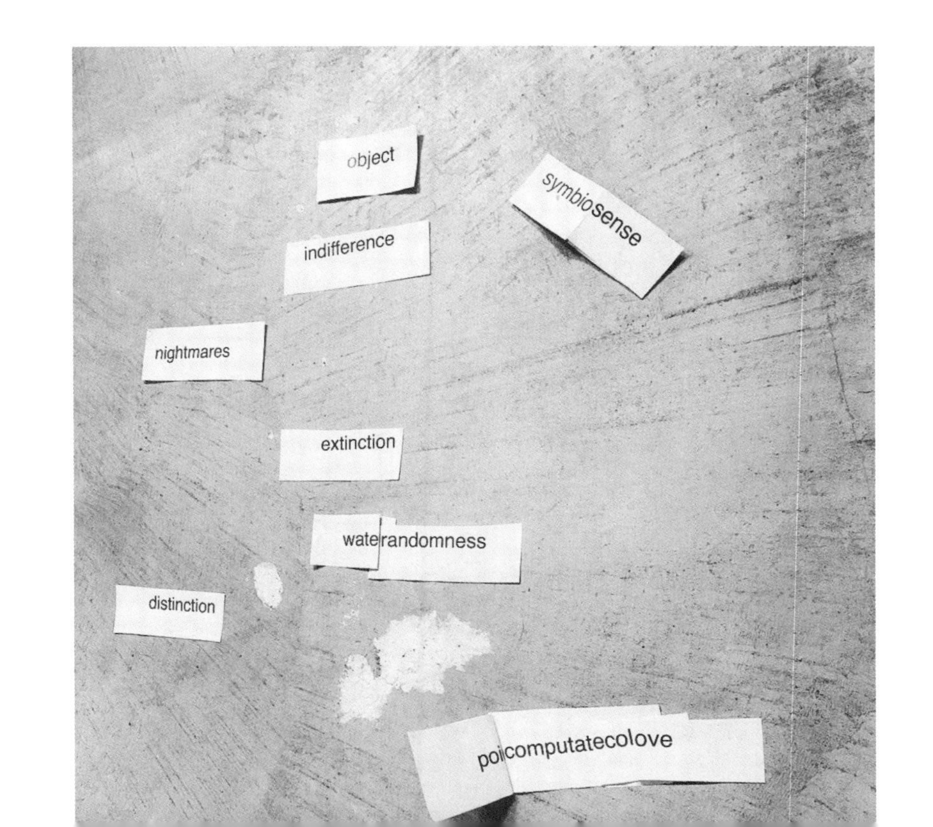
object
symbiosense
indifference
nightmares
extinction
waterandomness
distinction
poicomputatecolove

“当然，从早上开始做的一些练习，将明显看得到，大家或多或少是会积极参与的。我们的目的是，接近以一种外星球来的观察视角，去省视周围的事物，及以不同方式对待它们的可能性。在工作坊的后半部分，会利用因这些视角而产生的外星人‘角色’，来继续做练习。”

P 和 *G* 是两位去年课上的学生，他们被邀请回来，为新一届学生做工作坊。开始前，他们先发了一篇像宣言一样的东西给大家：《关于 LARP 和 RGP 的主观阐释》，据称来自“鄂木斯克社会俱乐部 2017”。他们说那是“为了表演者，或是为了自己的剧场”。

“直接行动角色扮演游戏”（LARP）是一种角色扮演形式，让参与者们通过肢体去做出角色的行为。

“真实游戏”（RGP），结合了“直接行动角色扮演游戏”里的身份与你自己的身份——可以将它理解成，一种你与你要表演的角色形成的超越性结构。

为什么要重新解释生活？

因为出于迷恋，我们重新解释生活。为了探讨在标准的感知样式以外，还有什么？“真实游戏”可以用来探究人共有的认知情绪和经历。

…………

这可以作为一种政治的抗争或重绘吗？

身体的点、核、结和阻塞总是肿胀着，但在生活中的某一刻，它们会在极度的宁静中破裂或释放。

如今我们都是在工作的人，但也可以说，在西方世界里没有人真的在工作。我们扮演着领袖、警察、年轻女孩、嬉皮士、教师等角色。可以说，我们已经为工作的娱乐性，孕育了一种新文化。在过去的几十年里，这种现象达到一种高度的升华，以至于我们的社会经济生活方式已经进入到另一种境界。它的奇巧神秘，不亚于我们用来模拟平行未来的那些游戏。

我相信，派别组织的隐蔽性越强，它所抵抗的越多；它的可见性越强，它越是成为整体机制的一部分。[9]

这些煞费思量的行文，和故作姿态的问题讨论角度，或者喻示了年轻和激进。不过，他们摆出的要提纲挈领的姿态，确实让说起来喜欢激进的 *D* 导演的老派美学游戏显得保守。我连年来这个课程，暗自期待的，大概就是在艺术这个已然高度商业化的生态里，仍然遇到悄然滋长起的杂草，或含混不明的环境。

他们几个苏黎世本地男生，20 世纪 90 年代出生，像是出道早，已带了点江湖气息。领头的 *F* 是阿拉伯移民二代，人高马大，蓄了胡子，手指上戴着大戒指，每周有两晚在夜总会门口当保镖。他们都学习新闻和艺术出版专业，据说正在做一本书，关于 1968 年到现在的抗议海报。

他们要从不同角度，对“抗议”展开讨论。他们课外还营运着一个自己的小出版社。课上到一半，几个便请假去了柏林，傍晚 *F* 要在那里主持一本新书的发布。

M 是那几个男生的同班同学，她本科读文化研究，曾对我工作室所在的 RF 做过调研。她提到 80 年代的那拨激进分子，说听当年运动的参与者讲，他们仍属六七十年代社会运动的余波；或者，在那个激荡时代的影响下，他们希望以行动成为新的一代。我本来就对 RF 好奇，跟她要来论文看。

1980 年 5 月 30 日，RF 成为具有革命意义的根据地。在那之前很久，苏黎世一直是文化沙漠：没有为年轻人、另类文化提供自由交流的空间。在那个晚上，鲍勃·马利（Bob Marley）在瑞士举办了首次，也是唯一一次音乐会。紧接着，几千名年轻人涌入市中心，自发参与示威游行，这场游行后来被载入史册，名为“歌剧院骚乱”。之后又有数场示威游行和抗议。20 世纪 80 年代初期，RF 使这一运动得以延续。代表 RF 利益的组织 IGRF 就此成立，1980 年 10 月，它的文化部门开始运作……80 年代末举行了首场电子乐派对。一切都是崭新的，另类文化在 RF 找到了它的位置。每天晚上，这里人满为患：朋克、摇滚和嘻哈乐爱好者与女权主义者、知识分子、穷人、富人、年

轻人和老人聚集在一起。君特·格拉斯（Günter Grass）、爱丽丝·史瓦茨（Alice Schwarzer）和马克斯·弗里施（Max Frisch）在这里举行朗诵会。德国红色旅（RAF）来这里参加讨论会。时至今日，RF 汇聚剧场、文学院、俱乐部、音乐厅、餐厅和（露天）电影院于一体。RF 每年得到苏黎世市政府二百四十万瑞士法郎的补贴。RF 从一开始也是特殊的培训基地。比如女性在这里经过培训，担任演出活动中的灯光师、声效师。这些职业长期以来由男性一统天下。RF 的组织架构基于民主原则，没有等级制度，决策经由集体表决。但根据路易的说法，这一切也不容易："达成一致前要经过数小时的讨论，非常耗时耗力。"这也是为什么在过去二十年中，苏黎世的文化产业一直备受争议。是否仍应该坚守优良传统，事事民主表决，并且以牺牲整体形象作为代价？[10]

年轻教师 *O* 刚从这所学院博士毕业，是作曲家。他在我们的课上，做"艺术实验"讲座。他说艺术也要做实验室式的实验，比如修改参数。通过实验得到的，或许是艺术，或许不是，但可以从中去发现不一样的东西。他再次放了一位法国艺术家 90 年代的一件录像作品。我们在去年的课上一起看过。再看，与第一次感受很不同。第一次，我被它形式感和技术的特殊性吸引，颇为好奇，很想去找这位艺术家这样做的动机。隔了一年再看，我一下就越过了形式表象，似乎马上意识到了作品中的人物和叙事，包括它被升华到高度抽象的、对美式中产阶级生活的批判——但它本身，倒也是非常精致和暧昧。

来自香港的新媒体学生小慧，介绍在学校做过一个剧场作品。那是她先宣读一份规则，要求观众坐在观众席里，不做任何事情，不出声，如果不想坐下去了，便可以离开；当超过一半观众离席时，表演即告结束。她在学校公开做过一次。小慧本以为那样的表演，一定令在场的人意兴阑珊，不想表演却持续了一个多小时。那些现场待着的人，他们在期待什么？

学生们明天出发，下周就都要移去香港继续学习。苏黎世最后一堂研讨课，请来了已从这所艺术学院退休的教授，也是我在这里的好朋友 *H*。他先读一篇他回应瓜塔里《三个生态学》的短稿，结尾是这样的：

…………

8. 这便是为什么从根本上来说，改变是一种伦理美学的问题。我们不必指望任何救赎的教义，而是要去交流经验、追忆和叙述。变化不来自外部，而源于每个个人的内部能量。于是，它从并不那么起眼的心智生态开始："先于"或超越理性、语言、意义。不只局限于一堆内容——这可是个挑战，尤其对艺术而言！“生态和跨文化”不（仅）是一个议题，而是一个去行动的主题，即，去排练、去即兴、去表演、去展现、去分享和沟通。在艺术实践的语境中，人们相互认识并成为另一个奇点（物理学上不存在的存在，却有着无穷能量——译者注）。在这个框架内，加之其他人的自主经验，随之发生的是：个人成为主体，与其他人一起发展着同样的新的生活样式。通过做艺术，发明新的环境与生态，与规范化的“国家”“文化”“民族”“宗教”等平行，我们以跨文化的方式培育出一个艺术的世界。[11]

H 披发大胡，像极了我年少时画过的欧洲古典石膏像，那件我们称之为“海盗”的作品。

随后，我介绍数年前，连续几年参与日本导演主导的“亚洲相遇”联合剧场创作项目，合作者们且来自阿富汗、伊朗、伊拉克、印度、泰国、中国等地；以及近年我在上海策划多种行为、剧场和讲座系列，跨越从巴勒斯坦的戏剧，到东南亚的政治艺术，讨论那些蔓生在艺术和社会行动边缘的活动。在这一系列的聚会中，有大量第三世界艺术家的合作，以及分享各地环境中的独特经验。我很想用张扬个人故事和促进集体合作，来作为对全球化情势下的艺术回应。说完，我才意识到，这些例子，不经意却成了 *H* 前番话的注脚：他强调在这个社会生态危机重重的时代，人们应该如何在交流、合作中提升个人能量，如何通过个体和地域的建设，迈向人的主体性。

O 质疑我介绍合作者时，突显国别，似乎艺术家们代表了国家。并且，邀他们来到面前做戏，讲述遭遇，是否就等于提供了那些地域问题的真相？在艺术中如此放置政治，他也不认同。*H* 不同意，说要看到这些项目中个体的身体在场，他们如此强烈和具有质感，这当然非常重要。

O 对国别表述的质疑我接受，但也辩解，在公开表述时，我确实带故意。我要强调他们来自那些艰难、有时甚至是被污名了的地方。因为这类带跨越性的工作，就是为要打开视角、做这样的连接。

在我们争论之后，另一位老师介绍了一位欧洲艺术家的作品。他以给鸡做杂交配种，作为他的艺术创作。

剧场的世界观

上了白天的课，晚上看戏剧节演出，我又得斜穿过城市，回到RF那里的剧院。还好，苏黎世不大。

那是个黑盒子剧场。简单的空间里，除地上一块白布，没有其他。一位男舞者跳过半场后，加入另外两位男舞者，三个人一直舞至终场。他们来自我所不熟悉的一部分亚洲世界。他们的舞姿，有些带来启发，有些则不清楚。但他们真的吸引住了我。他们要跟世界说的，似乎全都在这几具舞动的身体中。

这些被归为“短作品”的演出，表演大都十分直率。这是我这两年在这里观看的重要体会。这些表演者不少来自第三世界，他们的政治和文化困境，常被拿来做诠释作品的依据，被冠以“流亡”或“流离失所”的名目。但我看到的现场，却是这些作品因制作条件有限，而被逼出的顽强的现场存在感。他们没有在更大剧场里演出的复杂团队，创作和表演者通常就一两个人。不少表演者远道而来，孤独在场，所有的只是自己。这种条件有限，筹备时间短暂，几乎让表演者和他们的内容，直接裸露到几十上百个近距离注视的观众面前。这让演出回到最基本的观演形态里。演出者得做巨大努力和尝试，来不得半点虚的。那也是我所熟悉的，一条物质条件贫瘠却又内心饱满的表演之路。这也有如彼得·布鲁克所说，经济拮据反而不是坏事。表演者的诚恳，亦是成了作品的诚恳。它无意中，在与贫乏条件和艰难时事的对峙中绽露出来。

那位舞者在剧场酒吧里演出。

她的表演，展示流行文化下身体和成长的主题。在舞台、灯光和烟幕中，她虽然也不时故作笨拙或撒野，来作讽刺，但仍是青春和性感的底色，能量饱满，绽放。这与我另一次，在她那个一对一的表演中，看到她因孤独而略显黯淡的成熟身体，非常不同。我好奇，原来优秀的表演者，她始终是她，却能挖掘出自己的、非凡不同的面向。

在那个平日是修船厂，到每年戏剧节期间，才临时改造成的剧场里，我看到一种完全陌生的表演。那是一个极富观赏性的表演现场。演出全程，都是在激越的鼓声节奏中，近二十人穿着阿拉伯服饰，一起咏颂、歌唱；时而还会有人站起，或跳跃着边唱边鼓。他们把人们通常了解的，15 世纪欧洲人从伊斯兰撒拉逊人手中收复伊比利亚半岛的征服故事，换作伊斯兰视角，重新讲述。

欧洲人告诉我们的那段中世纪历史，我倒熟悉。但除此，因为对那个视角陌生，也不够了解它的创作过程和被邀来欧洲的来龙去脉，再加阅读演出字幕的困扰，我颇多疑问。在西方社会与穆斯林复杂而紧张的关系中，这是一种抵抗，还是消解的努力？在所谓民主的基调下，不同历史观的冲突，是否也可以如此容易地并置和扯平？

演出结束，掌声大作。人们是激赏那个历史角度，还是这种与欧洲视线对峙的努力，还是，纯因为观赏异域风情的快乐?

据说这种节奏强悍的咏唱，来自海湾阿拉伯潜水采珠人的传统。但那里数百年来，一度繁忙销往欧洲大陆和印度半岛的珍珠贸易，在近现代石油开采兴盛之后，就早已不复存在。

又是在那个修船厂改造的剧场里，但全然不同的事情。也真是你方唱罢我登场。

戏的开场，是一长段独白。纪录风格的影像，几乎占了整个舞台，上面一张絮叨着的吉卜赛老妇的脸，有着底层的耿直和粗糙。她抱怨命运不济，讲到愤怒处，屏幕升起，影像中的老妇，竟然就在幕后的场景里。在继续的故事中，她被生活困境逼到四面楚歌，不堪重负，心脏病突发，猝死。剧场中极为写实的舞台上的房间，她的日常生活场所，缓慢地开始了三百六十度的旋转。家具、杂物滑动，一样样滚落，柜子里的东西倾泻而出。在一股无情而强大的力量下，代表了生活的房间，先是倾斜，然后颠倒，最后里面的一切变得狼藉，完全被摧毁。这个过程持续数分钟，我看得几乎透不过气来。到此，剧场强悍地给出了少数族裔生活在歧视和唯利是图制度下的绝望。然而，戏的后半部分，却是一个情景剧式的神秘故事。生活，在那片狼藉里，展现出奇异的顽强，或者从中仍生长着不可抑制的欲望……此时，导演的意图，变得不好捉摸。人之绝望、希望，与欲望，总是复杂交织的吗？

散场，苏黎世湖边夜风徐徐。剧场里被震撼了的人心，在这样的夜色里，应该平复。散戏之人，或回家，或去湖边草坪上，到酒肆里再喝一杯。想到这戏之分量，*H* 常说的那句挑衅的话又跳出来：嗨，那又怎样！他的意思是，即便都这么厉害，做到这般地步了，但你真有未来的图景吗？

晚上 10 点多，因为戏剧节，湖边草坪人气依然很旺。我与柏林来的导演 *I* 初次见面。他的朋友在中国留学，看过“草台班”的演出，因此坚信我跟他需要见上一面。据说他的戏，也走进底层，带着很强的社会意识。

I 导演的女友是瑞士人，也是剧团的核心成员，这几天在戏剧节工作。她给我递上一杯白葡萄酒。每年戏剧节期间，草坪上都会有一家忙碌的亚洲风味餐厅，那是她舅舅开的。她总跑来干两个星期，专责收银，自己也从瑞士赚点银子。我说看不出来，原来戏剧节的餐厅，都有这么高的戏剧含量。

我讲“草台班”原来只是自己做戏，注重社会议题；现在花不少精力，协助南方的产业工人业余创作、排演戏剧。他介绍他们的剧团，这两年，持续在跟希腊的朋友合作，做讨论、工作坊和演出。我问什么是他经验中以剧场对抗困境的有效方法？ *I* 回答，是演后讨论。

他以在希腊做联合创作的例子来说明。当那里刚陷入经济危机时，社会运动蓬勃，各种声音都出来，要求改变的呼声很高。但一段时间后，人们感觉很多现况难以即刻改变，便消沉下去，参与感退潮。他们的演出，带动人民重新直面问题，激发起了新的探讨热情。他说在演后讨论中，政治生活又回来，沉寂下去、无奈的话题，又重新被激活。

白天上了一天课后，那晚看 *L* 的戏时，我有些走神，没有听进去多少印度口音的英语台词。但舞台处理、演员的表演却看得分明，极简的那种，干净又流畅。

与 *L* 算是熟朋友，他四十上下，跑去印度偏远穷困山沟，为字都不识的少数民族建剧场、做活动，一直让我觉得很传奇。坐到我工作室里，泡上茶，我们从他这个才开始发展的新戏聊起。他因此讲到印度根深蒂固的种姓传统。他讲如今对于这个问题，大家似乎都认为，已经过无数讨论、咀嚼，都相当了解，再讲就无趣味了。这个问题也竟然陷在另一种“无法接触”之中。似乎谁都明白，却难以撼动，也不再碰触。

他原来想将一本关于底层偷盗家族命运的小说改编成戏。他找来的两位演员中，有一位来自类似的底层演艺世家。他们的职业身份几乎世代相传，社会地位低下，并很难转变。那种环境里的情况，即便如 *L* 这样一个印度人，都算是在戏剧领域中人，但跨了阶层，却几乎完全不了解。这次的排戏，成了他的探索之旅，去接近那些“无法接触”的身份，以及他们的故事。

我又回到老问题，问他做的剧场，能够帮助人面对困境吗？他认真想了，说除了在观众的掌声中，演出者因此获得自信，还有，演出后讨论也很重要。它不仅可以帮助辨析真相，也让观看的个人，能够参与进一种现场民主中。而他讲到的另外一点，却是我从来没想到过的。即，将那些合作者带往海外演出，让他们的视野，能跳脱出自己原本的生活圈子，看到不同的人生，并得到了与外面世界连接的机会。

是呀，剧场不只是要将我们拽回去，细究自己的生活，更是要我们能跳脱出来。有了一些跳脱的经验和能力，人才会变得更勇敢。剧场当然不只演戏，而或成为一条迈向世界的坚实道路。他的话，让我很有启发。

数月前，那时我还在上海，收到戏剧节艺术总监 *S* 发来的一项策划案，邀请我在戏剧节上主持一场艺术家对话。他们的策划是这样写的：

大多与艺术家们的对话，好像主要专注在作品的理性和（有时的）政治层面上。从某种角度上讲，这常常除了将作品狭义化，且几乎变成机械的学术练习之外，并没有细究艺术创造的过程。因此，这个对话的构想，是避开学术角度，转向更个人化的视角。这是一个去到幕后、工作室之外，去到更加内部的环境、一个有梦的地方的邀请。这是以一种对趣闻逸事的好奇心，去了解艺术家居住的真实环境怎样影响他们的作品：生育孩子、饲养宠物、照料父母、对付恶邻，是怎么影响了他们在创作上的选择，或所讲的故事。与此同时，也欢迎带入一些原始素材，如一本书、一幅儿童图画、一段对话的录音片段等，看它们与作品有什么关联。

“家”，或者说，这种私密的、生活的和具象的经验，是怎样影响和带动那些即将公之于众的作品？艺术实践的基础结构，往往形成于隐秘的“家”，它渗透进艺术实践中，我们是否可以准确地找到并挖掘出形成这些基础结构的关键环节呢？通常，这些藏在潜意识中的环节很温驯，但强有力。“私”能否给“公”提供解读的语境？生活的和具象的“私”的语境，如何带动另外学来的艺术？[12]

在汉字中，“家”字原是屋顶下圈了头猪。对于我这个五十上下的人，家的问题，已习以为常，没去多想已经很久。这个下午，我的对话嘉宾包括印度导演 L，一位来自斯里兰卡、一位来自马里的两位舞者。

我在开场时，讲起曾合作过的一位年轻日本剧场导演，他送的胶纸带，正贴在我的电脑盖上。那上面，是一些他画的家乡小镇的街道，房子一栋连一栋。他把它们印成胶带，带在身边送人。“这是我家乡”，他说。他喜欢喝很浓的咖啡，抽很多烟。我们在一起工作时，他每天吃得很少，却拼命工作，让我自愧不如。一年后他查出肺癌，去年去世时才三十多岁。我说愿他在天上的家，想抽多少烟就抽多少吧。

我们这些人里，只有*L*说他不喜欢故乡。他把现在生活、工作的那个山沟沟，当作是家。记得有位智者说，我们的故乡，不过是祖先的异乡。

晚上演出开场时，舞台上空空如也。那位欧洲的表演者很年轻，显得十分自信，从容坐到台的一边，读《圣经》开篇的《创世记》。他前面有一堆书，他跳跃地读了好几本，一段段文字，都是不同的关于世界起源的故事。随后他走向舞台中央，开始了他一个人的创世工作。他在舞台上，玩耍各种简单的日常用具及一些小道具，包括一些能放唱片，也能连带让他的道具转起来的小唱机。他在舞台上不停跑动，精力充沛，神情专注，忙碌转动一些小机械，天马行空地构建自己的世界。舞台上慢慢充满了活动的东西。那是他的舞台，也像是游乐场、王国、家，或是世界。他在其中奔忙，一派生趣盎然。

我们进剧场时，只见一个巨大的空房子，没看到有观众席。演出似乎是开始了，演出者在我们身边的昏暗里，往空间四周倾倒咖啡，发出浓郁香气。近十位沾满了咖啡粉的裸体演出者，进入人群，与观众对视，随后或几个一起，围观观众。后来又有白色的粉末，被倾倒出来，沾满演员的身体……他们粗犷的集体舞蹈开始后，舞者们占据了空间的中央部分。封闭的空间里，满是被他们脚步扬起的粉尘。结束前，他们又继续弄出另一种黄色的香粉。

我们浸没在香气和粉尘中。在这个重体验的时代，感官被骚扰，有点小不适。回去洗个澡，能回想起昏暗中的一些神秘气息。

演出介绍是这么说的："……（创作者们）调查了人的社群感和相互依靠方式：在充满社会政治和生态灾难的世界中，如何得以幸存下来。"[13]我对这些说辞和套路大不以为然。做笔记时再读到，它们甚至影响了我对那场演出诚恳度的基本判断。

E 的大戏，当然去看了，也是雄心勃勃。跟她聊，她谈论自己作品的兴趣点，大多是背后的社会议题：消费和东南亚劳工问题。演出后观众现场的提问，让她很失望。他们关注她舞台上的浮华景观、亚洲芭蕾舞者的表现，看来是真拿它当作消费和娱乐，却联系不到作品背后她想要讨论的东西。

她是位优秀的年轻编舞、舞者。数年前，第一次看 *E*

的表演，就十分惊艳。她原是学习视觉艺术的，跳舞的不少身体技巧，来自东南亚当地市井文化，比如钢管舞、猛男舞。但她却能创造出一种僭越，形成十分当代的身体表演形态。她以往的舞蹈剧场作品，将身份、性别和权力等的复杂线索，在她的肢体现场里，精彩地扯动，不但好看，也耐寻味。

这次确实算得上是*E*的大戏。她以往的作品，通常以自己的表演为主，但这次却隐在幕后做导演。舞台上，她竟动用了五位国家芭蕾舞团的舞者来演出。这当然不是问题，问题是，在与她聊过后，我意识到一种矛盾，即背后支撑她剧场创作的，主要是美术馆里那类概念艺术的创作逻辑。在那种逻辑下，作品往往只展现事物的一般表象，比如亚洲芭蕾舞者在台上不断重复一些舞蹈段落，以及在快结束时，露出演员换装的后台。而作品背后的社会和劳工议题，创作者并没有作具体展现或展开。但她却希望能通过些蛛丝马迹，比如不断重复的舞蹈等，带出藏在背后的嘲讽或揭露。这类创作依赖暗喻和复杂的联想，需要很多的背景资讯或理论知识去连接。它们也许能催生讨论空间，但主要还是要依靠台下的阐释。

那年看台湾的大墨排戏，他让演员舞动手中的破伞，说代表了天空和理想。香港导演老汤却不屑，他用别扭的普通话说，那谁知道呢，也不能导演说是天空就是天空。当代剧场虽然受到概念艺术的影响，但它自有一系列展开问题的方法。伞作为天空或理想的意象，要由一系列步骤建立起来。要不，它为什么不是蘑菇或屋顶？概念艺术常暗藏论述的玄机，它的生涩和扑朔迷离感，也往往由此而来。*E* 要完成内涵复杂的剧场作品，把握剧场叙事并不轻松。水面下的思考无法展开时，冰山一角，自然容易被看作异域风情。

U 说此人曾在地面上，独自竖起一根十三米高的杆子。他是先竖起第一节，爬上爬下，再添一节。直到他竖完最后一节，爬到顶端，然后他一节节地拆掉，装进一辆小车，如来的时候那样，独自拉着离开。那个表演就他一个人，一做要持续三个小时。

他在戏剧节的小帐篷，在湖边草坪的边缘一角，非常不起眼。那应该也是他一个人开车来，在车边搭起，车厢成了舞台。是 *U* 介绍我去的。那天傍晚，我看到他是个瘦小，身板笔挺，头发梳得一丝不苟的小老头。他在帐篷前来回走动，努力吆喝，招呼一些小孩和家长来看。演出开始，连我和 *U*，他大概有了近十位观众。他打开帐篷帘门，草地上没有座椅，我们就站在他的小舞台前。

他独自从玩飞刀开始。刀近半米长，从他的手上飞出，飞向几米开外舞台另一端的木靶。间隙，他夹了几句冷笑话。然后，他推出一架原先用布遮起的机械。他说那是仿照人手飞刀的原理，自己设计和制造的。他先给那机器装上一把刀，然后上发条，手里绳子一拉，刀飞出，正中木靶。然后他装上五把刀，再上完发条，自己站去木靶边，再用力扯动控制机器的红绳。机械转动，发出哗哗的声响，五把刀“嗖嗖嗖嗖嗖”地朝向他飞出，全插在身边的木靶上。表演到此结束，他欢迎大人小孩上台，看他的独特飞刀机。那架机械，结构外露，看起来有些拼凑，这时，才知道它制造精良。我过去问他还演几天？我想邀请艺术学院的同事和学生来看。他说，这是最后一晚。

临近午夜，我在戏剧节的酒吧再次遇到他。他独自端了酒食，刚要吃晚饭。我跟他打招呼，他客气回应，仍然腰板脖颈笔挺，样子老派。

一个人，没有排场，不用说辞，不卑不亢地执守一个表演者的位置，一切看似粗陋，但却又精准、熟里带巧。在他那儿，剧场回到最基本的，与观众在一起的时间里。我看到一个表演者与世界平实而略带谦卑的关系。这个夏天里，这是我看到的演出中数一数二的。

在遥远的营地里

与 *U* 在戏剧节上合作的演出，我们排练时没有观众。所以到演出时，观众进来，侵占了不少表演者小丁的表演空间，这让小丁多少有些紧张。开场演了一段，他试着各种动作，来来回回，连我都觉得无聊。只有当他演到举棍，跃起，怒砸监视探头时，所有人的精神，都被他暴力的举动聚集起来。而后音乐声起，他缓慢的舞蹈，不少人却流泪了。

后来我跟 *U* 说，这时前面看来不知所谓的表演，突然都有了意思，直到他愤怒了，暴力以对，人们才深深感受到刚才的无聊之苦、压抑之重。是小丁的愤怒，让人们开始想要探索他的内心。

擦眼泪的人里，包括在大雨中开了一个小时车、从山上赶下来看我们演出的安斯特。*D* 也来了。他说看到小丁最后的谢幕动作，一切了然。他的意思是，小丁的杂技生涯，在他职业式的谢幕动作上，暴露无遗。身体所受之锤炼，如此无法遮掩。

昨晚戏剧节结束，我在学校的课程也告一段落。星期天我和策展人老华坐在苏黎世湖边的太阳下，吃饭，喝啤酒，甚至还逛了一小会儿跳蚤市场。我们有几年没见了。

我一直对 90 年代末他也曾参与其中的、北京那个生猛的地下展览感兴趣。那是在条件贫乏的环境里，一场关于人、材料、空间、行为、表演的执着实验，感性和理性

相互争夺、撕扯，充满张力。它仍带着80年代中国艺术运动形态的余绪，想与社会对峙，要创造自己的话语……重新扯动这些，我是想要重温那些吗？或从它转化出今天的行动能量？

即便是学习艺术的年青一代，对这些才过去不久的实践，也认识模糊，或根本未知。重温无从谈起。全球化下，大家仍是积极地奔向世界，却不再在意我们的起点，从何而来，以及如何成了今天这个样子。

一行人乘*U*的车，出发去法国。路上又接了*Q*。他样貌古朴，手掌、手指粗硕，极少言语。他以前练杂技，现在主要在做木工活，帮*U*打理不少事情。

经过第戎稍歇，午饭，然后去MT。我们途经开阔的平原，空旷的天空里复杂的云在纵横，下面是些古老的村子、房屋，和曾经的古战场。早年，这里是天主教盛行时期的宗教核心地带，有苦修僧院，更是欧洲想强势对付伊斯兰教、搞十字军东征的发源地。“二战”期间，这里被纳粹德国占领，却又有着抵抗武装的敌后根据地。

MT是*U*的老巢。那座中世纪古堡里外，有工作室、小剧场和杂技帐篷等，周边是广袤的法国田园。据说它最早可追溯到9世纪，早期的建筑11世纪被毁，后又重建，也经历过大瘟疫时代，后来一度成为孤儿院、儿童夏令营场所，为大企业所有。80年代末，*U*结束长期带着大马戏帐篷的巡演，想找地方安顿。那家企业正想脱手这类边缘资产，他便很便宜地买下这里。靠着做演出，这个地方运作起来。后来年事渐高，他就想把它卖了。但地方政府看重它的影响和活力，愿意挽留，便出资协助运作直到现在。这里多数的空间，提供给艺术家、演员、编导们，在做驻地创作。有几户常住人家，他们也着意帮忙打理。*U* 与智利的表演艺术界往来多年，因此常有不少智利的杂技演员、剧场人来访。

U 带着参观一番。古堡外搭了个杂技帐篷，旁边房车围起的院落里，坐着七八个看起来情绪低落的男女。他们是个来自法国南部的杂技团，在这里驻扎、演练三个月。今天上午练习时，一位女演员从空中摔下，伤了背，所以大家忧心忡忡。

我住在城堡外一辆 *U* 住过多年的房车里。他早年曾拖着这个房子奔波，去很多地方巡演，直到在 MT 停下来。现在，*U* 也早已不住在城堡里。他搬出来的意思是，他不插手这里的事务。具体工作，由执行理事会和管理团队负责。在古堡院外隐蔽的树丛后，由 *Q* 帮忙，他们造了座用两个集装箱改造而成、内部全木装修的房子。它外观隐蔽，内里看来朴素，又设施俱全。他独自住在那儿。

晚上，*U* 又接回两位南美杂技演员，我们一起坐在露天里吃饭喝酒，直到天暗透。男的是智利人。女的来自古巴，叫 Haiying。当年他爸喜欢一个来自中国的电视节目，就给她取了剧中女主角的名字。这该是哪两个汉字？喝了不少酒，我胡乱揣测着：海英，还是海鹰？世界竟是这么奇怪地联系着。

每天早上 9 点到 10 点，在二楼一个大房间里，大家一起做身体练习，住这里的都可以参加。我们由 *U* 引导一会儿，随后主要是由一位以前走钢丝的演员带领。结尾时，屋里所有的人都做起了手倒立，唯独我一脸尴尬，立在地上，感觉自己像个外星人。

那位前走钢丝演员的名字，来自希伯来语。但她家并非犹太裔，只是四十多年前，她父母思想激进，生活天马行空。她们姐妹四人，从没进过学校，长大了都干着与文艺、表演有关的事。她是个出色的走钢丝演员。但几年前，她四十岁不到，妹妹突然因癌症病逝，就在妹妹去世当天，她中风了，丧失了平衡能力，无法行走。这几年她通过锻炼，慢慢恢复日常生活，能否再上钢丝却未可知。人生的种种，让人感慨。

傍晚去了附近的中世纪古镇蒙特利尔。这是手机地图上能搜索到的、离 MT 最近的地名。古镇上几乎空无一人。镇子的高处，有座 10 世纪造的简朴教堂，里面的木雕十分出色。*U* 特意指给我看，除《圣经》故事外，雕刻的不但有捐造者的像，还有工匠们自己。我看到那帧在伊

POPOL
VUH

甸园中的画面，亚当和夏娃原本裸露的下身，被粗暴地铲掉了。对于我们这样的外国人，巴黎总被当成法国，尽是风花雪月。而在这法国的古老乡间，才能体会到，这是个骨子里是老派天主教的国度。我想象，当年他们会怎么惊恐万状，看着从远处帝国中心蔓延而来的一场场革命。

早上9点，依旧是身体练习，感觉比昨天更能定下神来，进入状态些。可惜我只住两天。

我去看杂技帐篷里的排练。昨天因为女孩受伤，他们停了一天。那个女孩一年半前在巴黎恐怖袭击事件中手臂中枪，只好放弃以前以臂力为主的空中表演，改练以腿脚功夫为主的杂技。她的兄弟在那场事件中腹部中弹，捡回一条命，但他的橄榄球运动员生涯就此结束。我用手机录了三十分钟他们排练的声音。排练时所有的紧张和危险，都转成了木质地板上的脚步声、器物的碰触、人的喘息，和背景里活泼的音乐。危险就在里面，却已无法察觉。

去 *U* 的小屋，看些旧的录像，看到那位以前走钢丝的女演员，她在钢丝上婀娜窈窕的娇俏身姿。

跟大家道别，离开 MT 回苏黎世。到住处已近午夜。

干净的地方有没有灵魂

这一阵忙碌，才意识到，RF又覆盖了不少新涂鸦。有天我们说到涂鸦，讲者一脸不屑，说涂鸦在瑞士这种干净的地方，没有灵魂。他们只涂画在像RF这种规划出来的地方，不过是中产趣味里一点野趣和装饰，早没了原本的社会异议，或反叛中产城市那套精神。

傍晚再拿起搁下很久的齐泽克的《欢迎来到实在界这个大荒漠》。一些书在这里偶然翻到。他提到美国9·11后，从不见有美国死伤者的惨烈照片，让我读得颇开脑洞。

> ……这与有关第三世界大灾难的报道形成了明显的对比。在那里，记者倾尽全力挖掘可怕的细节，如饿得奄奄一息的索马里人，被强暴的波斯尼亚妇女，还有惨遭割喉的男人。这样的镜头常常伴以“勿谓言之不预也”的警告：“你将看到的某些图像极其逼真，可能会令儿童不安。”有关世贸中心坍塌的报道中，我们从未听到这样的警告。这岂不是进一步证明，即使在如此悲惨的时刻，我们与他们之间的距离，我们的现实与他们的现实之间的差异，依然维持不变：真正的恐怖发生在那里，而不在这里。[14]

想来，这与我白天看到的涂鸦，正好对应。涂鸦或会让一些人满意，觉得所有的粗粝、叛逆行动、视觉奇观，这里也都有呀。

戏剧节结束，一晃已隔了不少天，湖边草坪上的设施都拆了。中午散步过去，秋意已起，可以明显看到搭过剧场酒肆、曾经人声鼎沸地方的痕迹。回想那两个多星期的风流，转眼都已消散。站在瑟瑟秋风里，感觉自己像来怀古，或考古。*J* 她们演过戏的地方，草黄了。等明年，它们一定春风吹又生。

傍晚把这张图发给 *J*。她说最近在一个青年戏剧节看了不少戏，也因为家人生病，常跑医院。在医院，身体、生死的问题尤其显然，比青年们演绎的戏剧性，来得更无法回避。

后来 *J* 在她的朋友圈里转了湖边草坪的照片。我留言“是呀，戏剧就是：舞榭歌台，风流总被雨打风吹去”。她回，“愈发觉得戏剧是件前现代的事情 [捂脸]”。

我在 RF 的工作室做讲座，结束后，竟然有本地人憨厚地问我，在瑞士这样的环境里，他该怎样像我一样工作？因为我在讲座上说，其实我们从某种意义上讲很自由，甚至比欧洲艺术家还自由。我们不用去申请基金，然后等钱，等到钱来了才能开始工作，或者永远没机会开始。“草台班”想做的事，今天决定，明天就能开始实施，因为反正没有天上掉下来的或谁送上来的钱。他说，这里，一些艺术学院毕业的人，也学过怎样去搞各种创作资金申请，但若几次都被拒，就已觉得自己的艺术不行。而

其实，他们什么艺术都还没做呢。我讲早些年，欧洲不也没有那些基金。若果觉得有必要，避开那条文艺生产流水线，试试不一样的做事方法，先是不再依赖补助，看看能否接受没钱这件事情。

但是，他们在有钱的环境里，如何可能想得好没钱的事，这显然会很困难。我不止一次听欧洲的艺术家讲，在你们的环境里可以这么穷干，但我们不能。因为去申请那些钱，是他们的权利。我觉得这么说，就回避了我讲的核心问题。他们没打算离开系统。

C 也认为，“草台班”在我们那里，这种不管不顾的做法，从个人，到集体，到公共空间，是真正明白地实践了剧场是什么。

我们后来移去湖边的夜色里，继续喝酒。*C* 是位艺术家，四十来岁，也在学院教书，也创作和演出舞蹈剧场类的作品。她时常带着一种谜一样的眼神和笑容，语气温柔地娓娓道来。RF 是她年轻时常来厮混的地方，汲取，争论，迷恋，沉醉，逃逸，这里联系着她的成长之初，她的早期艺术家生涯。她说，但与我在中国的环境不同，现在她要做的正好相反。她要观众感觉无聊，感觉是在“艺术”中。因为现在日常里，中产式的生活样样要求实用和效率。所以她的艺术，得是无用、无聊的。我听了，心里暗自说，好吧。

晨起，老康和小闵已等在电话的另一头。他们来告诉我，那边刚发生了些事情。这让大家都有些心烦和紧张。小闵被找去问了两个多小时，我们7月的一场演出“敏感”了。

*W*也从上海飞来了苏黎世，晚上，一起去看一个柏林来的戏，居然看到许多我们自己做戏的影子。比如集体创作里，如何安置每个人的戏份和特长等。

柏林的那个剧团，主要是由一些新到德国的移民组成。他们的故事很写实，大剧场的舞台技术也用得很娴熟。戏中对幽默的热情，比我以前看过的他们的作品，有过之而无不及。这让我好奇背后的逻辑，他们要讲流亡他乡的人的故事，但流亡者的故事和生活，不是悲催的吗？还是，挖掘能想见的真相，早已是老生常谈，说多了让人生厌，变得反倒“无法接触”。或者，流亡的苦难当真不必说了，而只有淡化、幽默和笑声，才能让周围被迫接纳他们的人们，不致手足无措；同时，也有助于安顿他们自己这些坎坷际遇？我90年代生活在澳大利亚，多年通过写作探讨身份问题。这些戏里讲的，还只是移居他乡者生活刚开始时的疑惑；那些化作笑料的文化冲突，十足表面。何况流亡者的人生，命运被逼至生涩之境、被悬置，其背后的结构性冲突、个人挣扎和牺牲，是深沉和复杂的。但这些，如何向他们新生活环境里的当地人展开，又

如何能在当地市场中分得一杯羹？很难吧。

又或许，这是集体创作的局限吗？工作坊似的剧场创作方式，也是种生产方式，来得简便、直接，现实质感很强。但每个参与者的关注点，多有不同，往往无法相互回应，因此也把许多追问，留给了观众。问题是，创作者们自己当真深入追问了吗，并有多大能力去深入？这是在“草台班”十分注重的问题。这里面欠缺的，是通常类似老派剧作家的执着挖掘和深度思考。这不是民主可以解决的。经历十几年的工作，我清楚看到“集体”的优胜之处，以及局限。

在我十多年前那篇《逼问剧场》中写过，逼问首先是对自己的：

因此套用一个朋友的说法，是要“像绞毛巾一样”地一遍遍绞出真实。这真实绝不是自然主义式的模拟、贴近或仿造。这种剧场要通过一定的方式，去逼近自己的、个人的和社会群落的真相，逼问的过程便是戏剧。它成为反省生活，以及其中种种问题的途径。如果要问民众是谁？反省在针对他人之前，必须首先针对自己，否则难以有效。这样的剧场是严厉和严格的，它不做戏，而是催促戏的发生。[15]

我们去了拉珀斯韦尔玩儿。回程乘船，途中下起了雨，两岸黯淡，人在湖上有些瑟缩。*W* 说在西方风景里，总不见中国的那种诗意。我想因为能见度太高吧，诸物一目了然。诗意，就是总有些看不清，夹了惆怅，比如我们说“烟波浩渺”。

因为 *W* 来了，晚上 *H* 又邀了去家里吃饭。他每年会在柏林小住，对我们看的那个新移民组成的剧团有些了解。他说，把所谓生活中的专家，或难民，带到舞台上，让平时不怎么关心的人激动起来，那一刻，他们甚至觉得，已参与到与那些人在一起的行动中，已参与了激烈的社会思想斗争。这些中产观众鼓完掌，拍屁股离席。他们似乎经历了一个有意义的晚上，顺带也为自己当晚的良知感动一把。但 *H* 争辩说，那是种假象。走出剧院，仍是桥归桥路归路，他们生活里点滴照旧，什么也没真正发生。他们平时不关心的，跑到剧场来关心一把，让那里好像具有了某种政治性，但那不是剧场，因为没有艺术——这些做法太简单。

H 总带着批评性，有时甚至自相矛盾。但他的犀利，或挑衅，却对我的胃口，能激励起思考。我问他，20 世纪七八十年代，欧洲来了那么多越南和其他地方的难民，但在主流舞台上，他们有没有讲自己故事的机会？*H* 回应，的确，现在难民、移民获得了一些讲话机会，但剧场不该是这么简单的。他举了另一个例子：拍纪录片的人，跑去山里，用十分写实的手法，拍一部山上农民种地的片

子。但我们为什么要在城市的电影院里，看农民种地！

我想他的质问是关于：一、艺术是什么？二、什么是艺术和观看背后的伦理？这让我想到，我在这里或该进一步追问，在欧洲文化中，剧场其实意味了什么？

小闵又在深圳了。按照我们事先的约定，他发来了工作笔记。我想起这几天在这里的讨论，人们一说道理，总像要牵上一匹高头大马，头头是道。而接近实践，大半又都一地芝麻，捡拾不起来。从小闵的笔记中摘录一些：

（工厂）南门所在地，像很多房子围成圈，中间有一块空地，顶上搭了棚子，不过很破，光线也不太好，近来工人减少，店关了不少。机构在二楼，隔了三个活动空间，一间大教室，一百平方米左右，一间舞蹈室六七十平方米，一间器乐室四五十平方米，条件确实不错。不过工作日白天人比较少，晚上才有些活动。放下东西，由小胜带着去吃饭，穿过这圈房子，看见商业区似的地方，地面很油腻，感觉比东门环境差。很多小馆子，问哪家干净些，也不太清楚。最后随便去了家，点了烧鸭饭。吃时感觉肉有股不太好的气味，我把肉拨一边，把饭吃完。小斌顺便把我那份肉吃了，回到学堂就有些拉肚子。

晚7点多些，小卫加了一小时班后赶过来。她说起给同事支招儿让厂里给涨工资，结果那人被领导把话套出来，小卫受了警告。等小亚、小朋来了，大家先读选好的文章，主要讲剧场中简单的模仿及超越、剧场里的生活和剧场外的生活、剧场是种浓缩、剧场的对话与日常对话等，并联系到大家正在做的《工人故事》的创作。小卫算是老成员了，提及有观众在场对演员的重要性和入戏出戏时演员的状态。我补充了一下，说我们演出的对象，不仅仅是在场观众，还有过去、未来及此时此刻不在现场的人。

8点前小林带了煮好的花生和玉米来。大家开始暖身，做了五禽戏前两式，虎戏和鹿戏。中途小方来了。我们接着做拍掌报名字的游戏。刚开始，小方不太能说出自己的全名。轮到她时，不是有些怯场，就是笑场。后来让她只说"小方"，才能慢慢适应，但节奏加快时，又会卡住。

接下来让大家把自己排好的戏走一遍。他们在能量、空间感等方面都有问题，老成员的表演有走过场的感觉，状态有些油。结束时我没怎么说，可能还是要通过剧场及仪式的练习，来处理这些问题。另外，也要想想排练方法了。

人家总问，你这个导演，怎么总在做那些组织工作。是的，"草台班"的剧场，不是在"做"戏，而是催促戏的发生。

与 W 乘火车往洛桑。途经纳沙泰尔湖，想起夏天刚到时，一个人去 D 的老屋，听他讲怎么离开原有的成功道路，去实验他的激进性。

在洛桑，我们去看那里著名的原生艺术收藏馆。

原生艺术是什么？

原生艺术是由社会边缘人士自学创作的。这些人要么是些反叛的灵魂，要么是些不受规范约制或集体价值影响的生命。他们当中有囚犯、精神病患者、怪人、孤独者和社会弃儿。他们的创意表达只为表达自身，丝毫不顾虑公众批评或其他人怎么想。他们创造自己的创作空间，无意于寻求认可或赞誉。他们的方式和材料全然原创，创作过程独一无二。他们的作品不受艺术传统的沾染。因此，原生艺术这个概念是基于其社会特性和审美特点的。[16]

我们在展厅里看张挂着的作品，却没法不转眼看墙上的展牌。那些简单勾勒创作者生平的文字，只寥寥数行。它们往往从他或她的出生或孩提写起，然后是时代里的际遇和职业，或跌宕，或平凡。他们疏离社会却又介入艺术的原因，隐约可以辨析或有所暗示。那些精练的文字，写得非常棒，有点司马迁史笔的意味。但即便如此，这些怪才艺术激情的来路，多数仍晦暗不明。但是，人和艺术的关系，难道不是本应该神秘吗？它们深植于内在，是不可能被完整描述的创作者人生的一部分。

展馆里，有位来自东欧的艺术家，作品尤其精湛。那类气质，当然不会属于今天的主流艺术流通体制。

快傍晚，我们去了日内瓦湖边那座著名的V剧院。它的艺术总监看着年轻，他向我指指墙上的涂鸦，不无得意地说，现在就是这个样子。他大概意思是，在他治下的V，不只是中产的干净的，它什么都有，是大胆和跃跃欲试的。艺术上的“挑衅”（provocative）这个词，相当中性，甚至可以带着褒义，代表见地和勇气。不同于在我们的日常语言里，它多半指借端生事，讨人嫌，甚至离危险的“扰乱社会秩序”不远。V剧院的艺术总监，愿意在自己干净的剧院大厅墙上，搞上些涂鸦，这是种挑衅，还是拗个造型？或挑衅本身，就先要摆个姿态。

晚上我们看到了挑衅：一台狂躁、充满暴力感和政治戏仿的大戏。就当我们还在排队等入场时，演出却已在涂鸦下的大厅里开始了。观众随后被从边门引入后台，上了舞台，再乱哄哄进入剧院。演员们台上台下奔突，他们的台词，百分之八十用嘶吼，声嘶力竭。血浆、暴力、强奸、刺耳的枪声、飞坠砸落的物件、通过荧屏放大的惊悚现场，三个小时的戏，如乘坐了感官过山车。戏是法语的，遗憾我们语言不通，很多内容滑过，对情节也没法消化。艺术总监演出前介绍，剧中有不断被杀却不死的国王，有被资本强奸、产生盈利及生小孩的女人，等等，那些隐喻的背景不难想象。但剧中许多长篇咆哮的台词，它们所提供的社会愿景是什么，却不得而知。艺术总监说，对这个有着种种问题、令人不满的社会，剧场要做出回应。

散场，剧场外是宁静的湖，和这个夜晚安详的美丽小城市。

W 问，昨晚的戏，为什么要这么写实地呈现暴力和血腥？她感觉不舒服，说既是剧场，不必这样。我试以残酷剧场来说，但其实也有大疑问。至少，戏做成这样，这是下下策。

晚上去 *C* 那儿吃饭。难得一个不那么熟的欧洲人，愿意在她苏黎世的家里，跟你聊这么多家常。饭后，*W* 还执着于那晚的戏，问 *C* 如何理解那种剧场。*C* 说，问题问错了人，因为她不会选择这种方式。她喜欢润物细无声。但另一方面，她以为那是无效的。观众看着激动了一把，回去明天该做啥还做啥。

C 在跟一个韩国人学习测八字。上次在湖边，她测算出我 9 月会遇到问题，我当时茫然。我告诉她，但几天前，那边的麻烦事居然真来了。她莞尔，然后问发生了什么，能讲得更具体些吗？

小镝邀我们去米兰。一早在苏黎世火车站后不远的长途汽车站上车。那片不大的空地上，乱哄哄，已不像在瑞士。来自和前往欧洲其他城市的大巴，在这里集散。我们坐着大巴，从瑞士中部穿过，前往意大利。一路竟能给 *W* 指点些 *U* 带我看过的山水。

小镝在意大利已学习、生活多年。有两年她回国，来我的“草台班”工作坊，也与 *W* 一起做戏。在米兰，我们跟着她，乘有轨电车晃晃荡荡穿过市区街道。那种繁忙、挤迫、庸常、香喷喷、花花绿绿，如在老的上海时光里。在米兰大公一度辉煌的斯福切斯科城堡，我们看了米开朗琪罗最后的未完成雕塑，和达·芬奇的一件小幅绘画，还有更多名气不那么大的中世纪至文艺复兴的雕塑、绘画和装饰。中世纪的雕刻多为残件，不少粗犷有趣的，也发现以前没曾留意的气韵——那种通过衣褶、人物关节、外形等轮廓线，产生的节奏和律动感。外人在意大利，若无旁事，随便逛逛，一不小心就踩进古典欧洲的滋养里，不易自拔。

傍晚去米兰大教堂。它的正立面，不落黄金分割俗套，多用对等分割，看起来与多数教堂观感迥异，却气势磅礴。体量巨大的大理石建筑，被玩到那样精巧，各种比例间充满节奏感，在夕阳下特别妖娆。这份姿色，只有威尼斯的圣马可大教堂有。*C* 说每次要去米兰，都觉得不必落俗套再去看大教堂，但到了，总还会去。

小镝在附近约了一位当地被压迫者戏剧节的组织者。他非常希望我能参与他们几周后的戏剧节。这样，他们这个节就更国际化了。

帮小闵修订《工人故事》剧本，他将与剧社参加深圳的一个戏剧节。戏的介绍讲道："我们是工人。我们有自己的故事。虽然都是些微不足道的小事，但我们工人很多，这样的小事也很多。正是这些许许多多的小事，占满了世界工厂！"这是我、吴梦和小闵几年前开始，尝试用故事剧场方法，帮助他们集体创作和演出的系列。所谓故事剧场，是每个人都能融入的交流、创作和演出方式。它的演出结构，一旦创造出来后，相对稳定，但又可因人而异，随人员流动不断延展，加入新的内容。在这个过程中，我们引导的工作坊，对每个人从自己出发的讲述，进行内容、画面的梳理和截取，汇集问题，交织情感，最后整合成剧本。在这样的故事创作里，工友们不仅回望个人遭遇，也重新辨析自己与社会变迁的关系，从对"我"的打开中，试了寻找理解"我们"命运的新图景。

原先熟悉的个人生活，以这代年轻人不那么习以为常的"多数"方式编织，在剧场中呈现出来。这时，生活遭遇，不再被归咎于个人命运，而经由剧场，通往一种集体意识和能量的提炼，透过小我，去看到时代里作为群体的工人命运的分量。

我修改了剧本的结尾。原来是愤然呼吁“每天工作八小时”，然后戛然而止。现改成了：

……（唱到这里停下来，调整情绪，面带微笑，说出下面的台词）我们有一个共同的愿望，那就是——每天工作八个小时，就能幸福地生活在这里。（希望表演的参加者，能带着对这个愿景的想象去演出。）

美术馆里的这个现代主义著名画家夏加尔的展览，聚焦于艺术家的早期生涯，勾画一个贫苦的犹太青年，在20世纪初，从俄国东部小城镇来到巴黎，在几个地方周折的青年时代。现在这类回顾展，一定要强调自己对社会史的研究。他们为在美术馆白墙面上供起的艺术家，重新找回时代背景，有如做专题片。

年轻，乡愁也是飞扬的。夏加尔那些刚到巴黎时的画，真漂亮。以前不怎么了解的，是他与路数不同的现代主义先锋派艺术家马列维奇的争端以及挫败，导致他离开在家乡一手创办的美术学校；后来更大的挫败，是最终离开一度热情投入怀抱的刚刚建起的苏维埃国家。这种大时代里的人生，饱满，好看：偏远省份、受歧视的东正教犹太人生活、一个异乡艺术天才在20世纪初的巴黎一夜成名、才子佳人的爱情和婚姻、狂飙一样的俄国十月革命前后、理想挫败后逃离苏维埃的艺术浪子，样样事，说起来都波澜壮阔、掷地有声。艺术点缀其上，让那些才华熠熠生辉。

而美术馆的前厅，正展出的也是很有名的一位瑞士当代艺术家的作品。他的几十部像是用家用录像机拍下的短片，记录下他早年的创作。他的装置、表演，围绕个人对土制机械和机关的着迷，介于让人惊叹的创造力和可笑的游戏或恶作剧之间。那些作品，它们大都像是无事生非。那是与前一种大时代里的浪漫，截然不同的浪漫想象。我们能如何做一个他的专题片式的展览，也挖掘六七十年代他生活过的圣加伦、纽约的政治、社会图景吗？而在其中，他是怎样一个散漫、边缘、不着调的小人物？

去RF的工作室清扫，道别，然后我搬去苏黎世老城区里的一间公寓。这几天的进出，加上整理、清扫，确实有些疲惫。但来了个好消息，东门剧社的戏得奖了。我自然激动，在社交媒体上给他们道贺：

《工人故事》今晚参加某戏剧节大学生及非职业类别竞赛，荣获二等奖。在这样的环境中，很难得，这已是头等的成绩。

后来看到工友们在朋友圈里，发着他们手持大把现金，展成扇形，心花怒放的激动照片。

傍晚，我们走到火车站后面的公园，在河边小坐。W没有见过这里盛夏时，周末的河里漂满了人，像我们的馄饨汤。然后我们去旁边Y的朋友家吃晚饭。Y是剧场领域专家，在基金会工作，照应我这次在苏黎世的驻地。

那人家就在河边高大的公寓里，面对河景。据说当年，苏黎世火车站也才有不久，这里荒野一片。这是附近造起的第一栋高楼，如今已逾百年。房间很气派，客厅、走廊各处都有他们收藏的艺术作品。比如关了一小块金属的鸟笼子，比如一摞摞叠起的绿色塑料搬运筐，里面是各样新旧玩具警车。主人家的儿子，也是位艺术家，这些不少是他的作品。

男主人的工作与艺术电影有关，精于厨艺，他做的晚餐一道道上来，样样讲究。与他聊起《上海青年》，那是W、子鹏和我一起，花五年时间合作成的纪录片。片子是关于那群年轻人，在20世纪60年代初的几年里，被从上海送去新疆开荒。随后几十年里，与他们艰难返乡连在一起的，是不断的抗争、伸张自己的权益。以及贯穿其中，这些逐渐老去的人，与国家之间的爱恨情仇。让男主人和Y尤为感兴趣的是，这部片子如何通过互不认识但有志于要放这部片子的年轻人，以众筹、集体合作方式组织观影；在大半年里，在中国十几座城市里，进行了十多场的放映和映后讨论。

在那个经营艺术电影的欧洲人家里，更清楚意识到子鹏曾说的，这种草根电影方式的形成，其实也是在那些老知青甚至是“草台班”存在方式的影响下产生；以及，我们之间的艺术工作，是如何连接在一起。

从社交媒体上继续看到，剧社及其周围的工人朋友们，几天都在得奖后的亢奋里。*W* 要回上海了，这几天我们也夜夜笙歌。又去了 *H* 家，他要为她饯行。

H 家的餐桌上，有一个用两件废铁焊到一起的雕塑，是他花了两百欧元，从一个餐馆老板娘那里买来的。他说餐馆后面满屋满院，都放着她做的“艺术”。我提起在洛桑看的原生艺术博物馆。他说，正是，那个老板娘很狂热。

但 *H* 怀疑这样的东西是不是艺术。他指指桌上的那堆锈铁，说那是为自己的，那里没有对生活的反映——不过是她对毕加索的模仿。他也质疑，那些被拿进美术馆的祭祀用具、旧物件，真该被当作艺术品。建立在种种其他动机之上的艺术，艺术或只是工具和幌子。又或者，若仅“为艺术而艺术”，那么又退回到精英的、保守的、美术馆的旧式权力框架里。那种艺术，制作者们沾沾自喜，却了无生趣。*H* 如其一贯的发问，那么，艺术究竟是什么……我们的艺术话题，争论到不可收拾，搞得他煮烂了意大利面条。

饭后借了酒力，我们继续对峙。我们认识很久了，可最近才有所了解，*H* 的父亲，原是极上层的政治家。他青年时代选择艺术，遭到反对，自此与父亲断绝。他说政治人物总拿出自己的家庭美满，来服务于政治目的，他看穿了，所以偏不被利用。对于我这个来自东方古老大国的人，*H* 如此过着平常的退休教授生活，不敢想象他曾来自于那么个高端权势家庭。敬佩之余，也想到“艺术是什么”，对于他真的何其重要。

从 *H* 家的阳台上，可以眺望流经市区的湍急河流，夕阳下，漫天彩云映衬，十分美丽。我在酒酣中，想着当年，是时代的强大，带给 *H* 那样的青年追求独立未来的力量；还是，因为有像他那样的后生，才有了一个激越的追问价值的时代？这个热爱艺术的人，并不常在干净的苏黎世家中，他不断出行，去柏林，去上海，去纽约，去环游澳大利亚。他像总在找一些不安分的东西，那或者就是他自己。

昨晚与 *H* 聊，还说到近年大小展场里，所谓带“社会性”的艺术，铺天盖地、招摇过市。我们都觉得，这股从当代艺术策展人滥觞的势头，该快要过去了吧。早上，我就收到一个学生发来的图，拍了她正读的书页。她问这上面说的，是不是正是我所做的。下划线部分是她标出的。

关于艺术和创意的论述被混为一谈，在许多艺术家和策展人关于参与式艺术的文章里屡见不鲜，他们评断作品

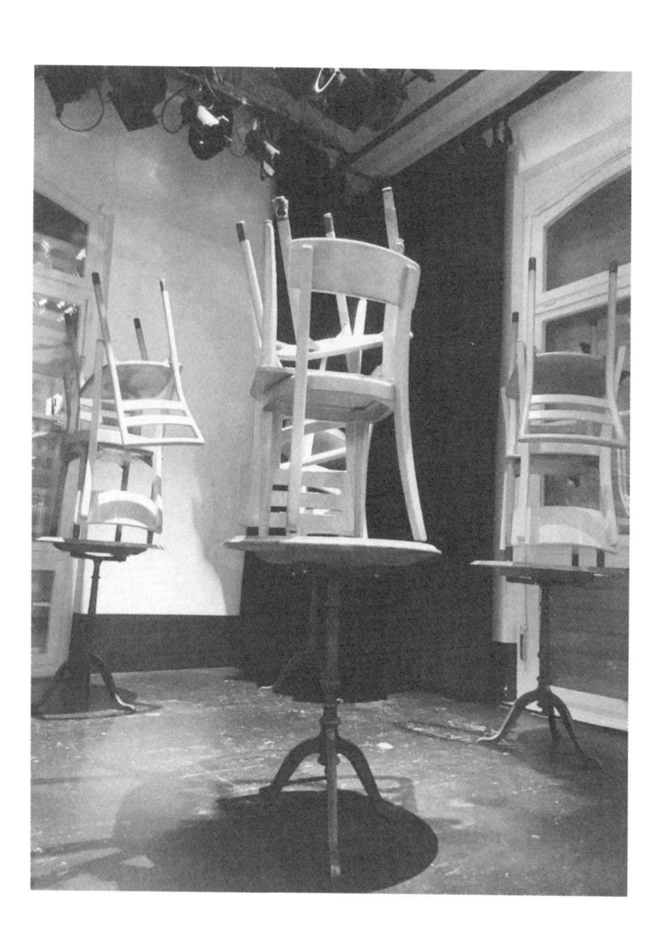

的标准基本上是社会学的角度，而且是以可以证明的结果为导向。以策展人查尔斯·艾许（Charles Esche）为例，他撰文谈到丹麦团体“超柔”的“在地旋转”（Teranispin）计划，一个为利物浦破旧塔楼的老住户开办的网络电视台（2000–　）。艾许在文章里穿插了政府关于英国简易住宅的冗长报告，暗示着社会脉络对于理解艺术家的计划的重要性。但是他对于“在地旋转”的核心评断，则是关于它作为“可以改变塔楼及其居民的形象”的“工具”的效能；在他的观点里，该计划的主要成就，是它“在大楼里营造了更强烈的社区意识”。艾许是在欧洲对于政治化的艺术家活动最辩才无疑的拥护者，也是最激进的博物馆馆长，但是他的论文总是透显着我所提到的批判性倾向。他对于“超柔”的这个计划在艺术方面的意义刻意只字不提，使得这些价值判断和政府强调可验证结果的艺术政策沆瀣一气。

……在这些例子里，艺术家的意向性（谦逊地放弃创作者的身份）状态还胜于关于作品的艺术定位的讨论。讽刺的是，如此一来，只要自觉地放弃创作者的身份，不只是集体艺术家，就连个人艺术家也都会得到赞美。如此的思路会导致一个道德氛围，在其中，参与式艺术和社会投入式艺术大抵都得以豁免于艺术批评：他们强调的重点总是从个别创作颠覆性的个殊性转移到普遍化的伦理规范问题。同样地，在该论述里有个常见的比喻，将每个计划都看作一个“模型”，呼应本雅明在《作者作为生产者》

里的说法，艺术作品能让越多参与者接触到制作的过程，该作品就越殊胜……[17]

看来，她对我所做，有很大疑问。甚至，并转而成为质问。我的回复是："还有许多问题，现在的艺术概念是从哪里来的？为什么？谁需要艺术？需要什么样的艺术？一个人算不算艺术家是怎么决定的？一些人的工作，算不算艺术创作是怎么决定的？还有，哪里是社会？什么是政治？"我想，若能去想想这些问题，它们未必能即刻回应来自下划线上的疑问，但会令一些事情清晰。但学生也不含糊，回复"那你回答一下看看"。我说"好，等着"。

昨晚临走时，*H* 送我一本由艺术家编的书，编者是与他有不少切磋的后生。书的封套上写道：

在社会上，我们听到谁的想法和愿景？在那些挣扎着想要被听见的声音中，哪些声音会传到我们的耳中？由此，谁能对社会有影响？[18]

演出是问题现场

K 介绍我认识了 *X*，她在这里的大学工作，研究中国当代诗歌。*X* 的办公室，离我老城区的住处也就十来分钟的上坡路。天气当真入秋，下午秋阳很好，我们在大学见了，又下坡，穿过老城区到湖边走走。

她说有些好奇，为什么中国许多本与演艺无关的知识分子，近年都参与剧场或表演？她举了几个诗人为例。我知道其中一些，或与 *K* 以前的剧团有关，或受东亚左翼剧场吸引。但这是中国现象吗？我不晓得。一方面，一些剧场导演的理念和个人魅力，或会吸引人参与。另一方面，以自己的经验，剧场工作的直接、现场、多元和行动性，这些都是我原先绘画或文字工作中没有的。剧场有乌托邦气质，投身其中，像是投身到集体关系里，本身就在塑造一种微观的社会空间。它成了某些社会想象的试验场。还有，人在社会中可能卑微，但在剧场里，却可以发掘和转化自身被压抑的经验，从而得到新的、超越的能量。在剧场里，小人物也可以是强悍的。

X 也提到，现在到处可见，非专业的人登上舞台、不同领域的人跨界表演、个人故事被直接展现。似乎一瞬间，谁都可以登台、都在表演，这是新媒介带动下，新的社会关系在展开吗？或者，我说，对于不甘沦落的艺术家而言，生产和传播方式的改变，媒介技术出尽风头，“原作”概念在当下遭受重创，所以，艺术家靠着肉身，也要重占现场，回到观众眼前。还有，先锋艺术的往表演转

向，在西方，确实已是几十年前开始的现象。

有个故事，那几乎是十多年前，一位做策展的朋友从纽约来，神秘兮兮地对我说，“表演”要火了。因为，那年欧美艺术界的一些重要机构，都同时大张旗鼓，开始做与行为和表演有关的展览活动。她确信，这是个重大信号。凭她的嗅觉，她如今是欧洲一间美术馆的馆长。对于艺术的新一拨表演性转向，这种潮流性的东西，我也嗅到背后赢家联手的气味。而在不同场域，或是说剧场领域，纪录剧场这些年里的新发展和影响力，确在更公共的环境里，刷新着人们对舞台、表演与社会关系的看法……或者，还有其他路径上的相关线索。

X 接下来的回应，倒是好笑。她说，这些她只在中国才意识到。在欧洲，她埋头工作，只有去中国，在研究对象前，她才抬头看东西，而且变得敏锐。

在巴塞尔 T 美术馆，瑞士人对机械的热情，在这里的艺术中发挥得淋漓尽致。

但我特意来，是要看一个行为及表演艺术的回顾展。展览的开场白很有趣，策划者试图说明，选择“performance”这个词，是因为它似乎能包容进行为、舞蹈、剧场、视觉等不同领域的创作。在策展人的解释中，它甚至还能纳入相关的记录和文本等的内涵。展览介绍册里的另一段，是策展人之间的对话，谈及表演与“买卖”

的关系，倒是颇为有趣。

EF：表演（performance）一直以来都是当代的。它总是谈论当下，谈论相应的“现在”。世界的很大一部分，以及当今艺术界也越来越多地被商品文化所影响。艺术作品，不管有多激进，都成为消费产品。表演可能是与之抵抗的最后的堡垒之一，或至少是提供了另一种思考它的方式。

D：但是，至少从某种程度来讲，表演难道不是把身体转换成物品，然后出售身体的生命力吗？

EF：就表演而言，出售了什么并不总是清晰的。表演也提出了这样的问题：出售之物“去”哪里了？它能“存在”多久？因为你不能真的出售一具身体。而你能做的，是购买某个行动的方案：剧本、记录，抑或是道具，或者甚至是复演该表演的能力。

TB：对此我不敢肯定。我认为身体——这也包括了表演性的肢体——是可出售的。对某些艺术家的过度宣传，和我们如何在社交媒体上使用他们被拍摄的身体，都是很好的例子，说明表演者的身体转变为了消费产品。但不可否认的是，表演艺术的某一部分，的确依赖于身体的现场性，而这一部分是不可出售的——存在于当下时刻，这个时刻是唯一而不可复刻的。[19]

策展人的活动，越来越像是通过贩卖各种概念，努力为经他们手的艺术增值，自己则成了寄生在艺术工作上的食利阶层。

这些策展人所谈论的表演，当然与剧院里或音乐会中的演出不同。那是些在当代艺术脉络里，非常实验和边缘的探索。这些多数从把弄各种身体的乃至社会或文化的概念开始，在特定空间里创作的行为或演出作品，隔了好些年，重新在展览中“再现”，似乎不太容易。如何用展厅方式回顾这些艺术家和作品？一不小心，很容易弄成录像作品展。这个展览的尝试，把那些原本并非都发生在美术馆里的东西，在美术馆的白墙上并列起来，像是要让它们“白盒子”化。

晚上，我们由白而黑，去看了一出关于人性的“黑暗”的歌剧。剧中大量的人生讨论，说来唱去，高度抽象。在剧场里，像学术论文一样的戏，观众很难建立任何与自己的关联吧。关于人性，你们知道多少？这时，由尼采、瓦格纳歌剧角色和当代政治家们的高谈阔论组成的表演，对一般观众，有意无意已带着一种傲慢。

C 感冒了，但她还是如期赴约。我给她做了杯柠檬姜茶。我们聊了很久，她喝了很多水。

C 说，如今说再谈“舞蹈”，好像已经显得过时，要称“表演”。她有着很强的理论兴趣，也在学院里教授这类课程。我们讲到当下艺术论述中，对表演，或是表演性

这类词的滥用和怀疑。为什么表演变得流行，这是人们在寻找身体吗？身体意味着直接和感性。但这种观念，也像是近几十年里建构出来的。看起来，说重构身体的企图，是对数字化和非物质劳动，比如对消费主义和互联网的反抗，似乎没什么毛病。但 C 觉得，这么说也已了无新意，这种方便之门，甚至还可能是种陷阱。她说，想从其中跳脱出来。她感兴趣的是“多余时刻”——舞蹈就是这种时刻，是对诗意的理解。我将信将疑，从抵抗到多余，这不是更方便了吗？

“表演”的场所也发生着变化。美术馆或艺术空间在组织方式上，与剧场很不同。如今人们走进美术馆，四处走动，打量装置，也会期待看到表演。这是完全不同的观众群。但剧场的价值，仍没有被撼动。比起美术馆个人化的体验，剧场的方式是整齐划一、集体化的。加之作品生产方式的不同，它一方面似乎仍然更能够探索公共话题，但另一方面，也更不容易受到商业运营逻辑的制约。

我有点想持续之前与 H 的讨论。C 认为那么讨论艺术没有意思，因为它就该在不确定中。而我辩解，艺术的不确定性，所蕴含的施展空间，是在探讨时才拓展开的。这样追问有其价值。它有如对道德的讨论，不断追问中，才会有对美德的实践。

但讨论该如何展开？ C 说，当我们提出激进的政治艺术时，谁来判断它是什么样的？欧洲的艺术环境，讲起来很国际化。艺术家可能来自不同文化，但作品通常是以欧洲为基准的协作式生产，即，在欧洲艺术体制与不同在地实践的互动中形成。策展的选择，让它们更加趋向同质化。艺术家有多少自主性，如何能独立于某种潮流、其权力结构和决策机制?

房间里渐有些暗下来。窗下巷子里的酒吧，人声、音乐声渐热闹起来。我在本子上，记下一句想到的话：人从来没有完整的自治，艺术是关于自治的努力。

我问 *C*，你觉得艺术有可能真的政治吗？她引述一位东欧批评家的讲法，说艺术本身就是政治的。在以前东方社会主义环境里，艺术是可能的，因为它是非生产性的。创作者并不考虑为社会增加商品，因为并无市场可言。当然也有国家用于政治宣传的那一套，但当时那里的艺术家们，并不把那种当艺术。所以艺术家在那样的不认同中，做着自己的艺术，那就已然高度政治化了，因为它已经在质疑规则。但现在，各种市场接踵而至，他们也和西方比肩了。在西方，如果不加入市场兜售作品，不创造自己作为艺术家的身份品牌，你和你的“艺术”就不可见、不存在。因此，积极分子们专注于市场、份额和名头的生产，他们的作品不再产生出与社会生活的罅隙，张力关系消失。所以如今到处都是市场，艺术却不可能存在。

我努力回忆，试图去判别这个描述的前半部分。后半部分的现实，确实触目惊心。我还想到，这位批评家会怎么看待原生艺术，或那些东西，根本不入一位批评家的法眼。如果那样，而这，是否正是所谈的张力关系。

窗外天色暗了，华灯初上，我们出去吃饭。走在大街上，我们竟遭遇一长队举着阿拉伯语大旗，神情庄重、投入的浩荡游行队伍。队伍最后都是一色青壮汉子，他们在吟唱声中，抡开双臂，动作划一、有节奏地猛烈抽打自己赤裸的前胸，啪啪作响，感觉愤懑、悲壮。我们好奇地跟随一段，试图与行进的队伍接触。他们也有人派传单给我们，并试图聊上几句。

开始，在昏暗和行走的仓促中，C 误解了他们的身份，并以为近日有什么人被杀害，才举行游行。后来我们坐进餐馆里，细读传单，搞明白那是穆斯林的阿舒拉节（阿拉伯语：عاشوراء）。传单中提到，它源于 680 年伊玛目·侯赛因被谋杀的事件。

坐在那家叫“幸运”的中餐馆里，我想到刚才目睹的，如果把它当作一种剧场来学习，那是一个关于身体和表演的强悍现场。并且，由于语言和习俗的障碍，我们经过一定的周折，才从误解，转而获得了部分核心讯息；它在一座欧洲大城市的公共空间里，因为差异，看来尤其陌生和突兀，因此与周遭环境产生张力，而传达出强烈的宗教和政治内涵。

因为被压迫者剧场戏剧节的邀请，再次到米兰。小镝和她的意大利丈夫来接，先去了一栋被占据的大房子。参与戏剧节的人，安排了都在那儿午餐。那栋大楼看似学校，据说原造了就是为教育用途，但后来却荒置着。它一年前被占据，住进来的大多是移民家庭，来自二十几个国家和地区。这些占据者多数符合住进政府廉租房的条件，只是安置工作跟不上。不少人在这里落脚，得到安置后就搬出去。

晚上看印度来的论坛剧场演出，讲那里农村年轻女性的不平等遭遇。小镝的丈夫事后跑去跟导演说，这样的论坛剧场，或在他们当地是实用的，但来米兰，让意大利人跑上台，对自己根本不了解的印度农村生活，指手画脚提供解决方案，这似乎有些尴尬。他在亚洲待过，看得出不妥。我也觉得，漫画式地指责自己的传统生活方式，包括女孩根本缺乏平等地位这样的事实，好像有关怀，但似乎仍嫌粗暴。对现代知识和人权等的诉求，是人们对更现代化生活的向往。但怎样安置自己的历史、文化？那种把一类人的生活，贬斥为一无是处，将会根本性地摧毁人的生活尊严，令他们转而为物质生产所奴役。在发展主义的压力之下，这种悲剧在第三世界随处发生。我们拆毁祖屋、街道、村镇，舍弃旧有的人际关系，涌向城市……讨论权利和解放的剧场，对这些问题理应更敏感。

在思想和方法上，影响被压迫者剧场形成、提出被压迫者教育学的保罗·弗莱雷，提倡让学习从人们原有的

知识中展开，而不是如压迫者那样，把底层的知识和经验，贬斥为是种无知。

戏剧节的主持者安排了一个环节，让我来讲“草台班”。他们了解，“草台班”虽做的不是被压迫者剧场，实践上却有相近之处。我也说明，我们深受它的影响。我准备了讲稿：

2004年秋，韩国一位剧场人张笑翼来上海，邀请我参与下一年在韩国光州举办的亚洲民众戏剧节。2005年春，我找来一些年轻朋友，开始做一出与50年代初朝鲜半岛上朝、韩、中、美的战争相关的戏。在开始不久，我感觉参与者们对历史了解有限。于是，我们的创作过程，变成了一场集体学习。大家找来各国拍摄的相关电影，出版的书籍、专著、回忆录等，每周都在一起学习，以工作坊的方式进行戏剧想象，最终形成一部时长一个小时的戏《三八线游戏》。在创作的过程中，我们有了“草台班”这个名字。参与成员们觉得这种学习和创作的方式非常有趣，希望将来仍能保持每周聚会。“草台班”由此发轫，并一直发展至今。

“草台班”自始至终都没有介入职业戏剧，参与者极少会去商业剧场工作，或做赢利性演出。我们的成员来自不同行业，算是业余，每周末做工作坊、读书会，有系统地进行表演训练与锻炼，十年如一日地进行集体创作。我们也常常受邀请参与各种文化和戏剧的交流活动。参与者们大都没有报酬。一些业余者，多年下来，有很深入的剧场技巧，甚至堪称经验丰富。在日常生活中，每一位成员都有自己的活法，我们聚集在一起，是出于共同的理念和兴趣。东亚左翼戏剧、被压迫者剧场、民众戏剧、现当代身体论述以及实验性的当代剧场，对我们工作方向的形成极为重要。

我有幸在意大利，有过极短暂的工作经验，知道这里对时间的态度与瑞士、德国有别。讲座定在中午11点半，但是，前面的工作坊到点没完，被延到12点，真正开始已近1点。参与的人才剩一半，大都饥肠辘辘。我打足了精神，加快语速，讲“草台班”演出，不单是想要做一台好戏，而首先，要造就一个剧场——带动出别样的公共空间。

2014年，我们在一个特别狭小的空间，演出《世界工厂》。连坐垫带各色椅凳，排下了九十多个座位，看起来都没站的地方。但最后，挤下了不少于一百二十位观众。因为演区、观众席和门口，都紧挨一起，不关起门，戏没法开演。开演前，我在门口努力道歉，不得不劝退几十位来看戏的人。观众挤迫，演区也不宽敞，主打的灯光是装修用的碘钨灯和室内本来的日光灯。但看完一个半小时的演出，大多数人还参加了演后谈。这算是我们的常态。

我一边讲，他们一边接讲座要的投影。尽管那两人忙得满头大汗，始终没接通。我准备的PPT和短视频，因此只好从电脑上看。于是，大家真的进入到我讲的，“草台班”似的挤迫观演状态里。

做这样的演出，通常我们只有小半天时间，改造、适应，把咖啡馆或报告厅，转化成临时的演剧空间。那样的演出，来看的不只是一台戏，观众同时能感受到一种全然不同的“剧场”。或者能看到，剧场可以坐落到日常生活形态中。它不仅是台上演什么，而首先是人聚会的地方，也跟怎样聚在一起有关。我常喜欢让人挤得紧密。那些小剧场座椅，都不会特别舒适，这是要让身体保持警觉性，更容易投入到戏的议题里。剧场的形态，以及，我们对于为何聚到一起的想象，决定了它的美学。那不是在台上拗造型，而是演出者要怎样出现在观众面前，表达和沟通。对于我，“草台班”剧场里的表演技术、灯光舞美，是要回到对剧场的最基本理解上。

一次，与一位德国戏剧节的艺术总监意见相左，他说我不该把那些空间改造成所谓“剧场”，而应该让它们原汁原味。他认为把戏融入进特定空间，那才是为什么要用日常空间做艺术。但我争辩，正是因为想打破那些空间里原有的身体关系，才热衷于挤迫的集体在场感。我们已有足够日常的、消费的或假模假式的地方，但缺乏紧密关联的公共政治空间和相应的展开方式。所以，当有机会通过戏剧，介入一些地方，就要改造它，即便随后它很快恢复原来的功能。成为“剧场”那一刻，让它跳脱日常惯性，有了新的逻辑，提供别样的人与人关联的可能性。“草台班”的演剧，成了这种打断和介入的手段，剧场也因此可以坐落进我们的生活。

观众从“草台班”的演出中，往往发现台上的演出者与他们并没有太两样。我们在那里，强调的是普通人对社会议题的反省和态度。从最早做集体创作开始，后来推动、发展个人视角的短作品，再尝试个人与集体的融合，我们特别注重发掘参与者与所讨论议题的关系，并希望在演出中呈现出来——这里，有对社会关系重建的愿望。

十多年来，“草台班”的演出绝大多数免费，也是为避免受到种种制约。每场演出结束后都会有演后谈。从几次我们称之为“拉练”的城际巡演，从《小社会》到《世界工厂》，路途上很多地方的演后谈都非常活跃。现在我更愿意将它称为演后剧场。它合成了一种新的戏剧观演形态：首先，安置一个临时剧场空间；再到在里面呈现非职业演出者的集体创作；最后，是由观众介入的演后讨论和表达。

这些年来，“草台班”的每场演出后，都紧接着几十分钟，甚至超过一个小时的“演后剧场”。它们通常是我主持，但观众往往是里面最重要的角色，精彩与否，取决于他们。这时，台上台下的区隔没有了。一些观众从众人中站出来，如奥古斯特·波瓦在《被压迫者剧场》中所言[20]，他或她已然成为角色，大声讲着自己的话。那是一个人直面现场的诉说、颂扬、质疑和争论。所以“草台班”创作的戏，演出结束后，原先的戏成了药引子，剧场并没有结束，而是融入观众自己的思辨和表达中。我们的演后剧场里，总会有人争辩、掉泪。在兰州有人因此上台歌唱，在北京却有人大打出手。它让看戏时得到的情绪和思考深化，甚至宣泄而出。那时，正是我希望的，剧场变成了与生活息息相关的问题现场。

十几年的经历，在这个有些尴尬的现场，一股脑儿地回顾。听者似有不少被带动的。主办者问，能否将这些内容，放到他们的网站上。

回程路上，想到 C 谈到过的那位东欧批评家的说法。或许，只有脱离制式化的文艺生产轨道，不断创造恣意妄想的“剧场”形态，才能生成期待的张力关系。这样，艺术才有机会回到我们中间。它自然已不是为了艺术的艺术，而是，回应人们如何共同存在的必要途径。

我要回去我的将来

傍晚去苏黎世湖边散步，秋意已浓。在湖边一段长长的石板路上走了很久，以为看到了尽头。但行到跟前，低垂的枝叶后，仍有通途，人的精神也随景致开朗。这如中国造园的“隔”，若是直白，样样说透，也就了无意趣。

本想略早点到那个剧场，可以顺便看名为“冬宫风暴：历史作为戏剧”的展览。但一则去时走错了路，二则拿票排长队。幸好导演 *N* 及时赶到。所以展览只得匆匆一瞥。展览的德文简介，通过电脑翻译，我掌握了大概意思：

2017 年是“十月革命”的一百周年。展览《冬宫风暴》特此纪念，展出了象征这场革命的诸多摄影作品。这些照片不仅记录了这一历史事件，而且也将这一史上颇为壮观的群众运动载入史册。戏剧导演 Nikolai Evreinov（尼古拉·埃夫雷诺夫）在 1920 年的作品以此为灵感。这场戏剧事件的影像作品也成了珍贵的历史档案。

这场展览中可以看到记录 1920 年这场事件的电影影像资料和摄影资料。人们还可以看到这些照片如何被载入苏联历史，成为图册、教科书，被印在海报上。此外，还有一些当代艺术家们的作品，他们对百年前的这场冬宫风暴做出了回应。[21]

展览中有那出20世纪20年代排演，纪念十月革命、场面浩大的戏剧演出的影像。它看起来像一场景观戏剧，大量群众场面，参与人数众多。尽管这样的剧场，或符合罗曼·罗兰的“人民戏剧”，但这时，它已是国家的庆典。匆匆已是百年，人民犹在，而苏联何去?

终于看到这个听说多次的戏“*H*”，是这里的年轻才俊*N*所导演。演出有字幕，但剧中一些内容仍不很明白。它所经营的剧场能量，却触动了我，并带来许多联想。

戏中，那位哈姆雷特表演者，一个性别身份如此另类的个体，在别人异样或歧视的眼光里，他脆弱。但他却又是一个人，在台上以足足九十分钟时间，演出自己生活中的个人际遇，执着的自传式展现，绽放出震撼人心的力量。戏的主创们，导演和唯一的演员，对这种演出的自我认识，或是一种不断反省。他们执着地坚持着关于剧场本体的辩证思考。演出一开场，表演者就想讲清楚这是剧场，不是生活，并在戏中多次提醒。但表演者个人的真实生活困境，又被无情地带入戏中。他也毫不吝啬地，将他常被当作异端似的生活态度，直掷台上。这样的剧场，就差没有说：“是的，这很残酷——回到实际层面，你在看、我在演，但我们不想制造幻象。”这种强硬宣称不在剧场制造幻象的立意，是否可为已变成“幻象”的欧洲剧场的政治性，重新找回诚恳和硬度?

那位哈姆雷特，在台上以他怪异的身段和步态说：

“我只要你们，以普通的目光看待我。”但他坚持的那种非常特殊甚至会令众人不适的存在方式，又似乎在挑衅：你们没有人会反对我这个提议，但你们怎么可能做得到！对于涉及的平等、自由和尊严，如何做到，人们需要有积极可行的方案。这便是政治——关于人们如何在一起。我大概仍犹豫，将这样的剧场，定义为政治现场。但它已经极具启发了。

在戏的处理中，*N* 是在示弱还是逞强，以及这是剧场的还是生活的？他在这些问题上，如走钢丝，如履薄冰，却不卑不亢，呈现出一种极富耐心的坚韧品性。当然，这也是那位勇敢而极具才华的表演者的戏。

早上去湖边市场转了一下，买了点面包。然后到苏黎世圣母大教堂的小庭院回廊里，看 C 推荐的壁画。它们显然并不老，却十分精彩，线条漂亮，颜色节制，与朴素的罗马式建筑风格十分协调。

下午与小闵通了很长电话，他才从南方回到上海。他这一趟带剧社拿了奖，让工友们士气大振。得奖本也没什么，但剧社的价值和我们尝试的工作方法，至少获得了一次重要的外部确认；也让从春天开始的剧社危机，有了转机。小闵对剧社新老成员衔接、创作选题等，仍有不少担心。这段时间我不在，他忙于“草台班”和东门，经历这个夏天，事事独当一面，这个二十多岁的年轻人，老成了许多。

Beep Beep Beep

穿过石头的老街道，与游客擦肩而过。与一直照应我的 Y 约了 5 点见面。我也快要回去了。

我们先去著名的伏尔泰小酒馆，门锁着，说是要 6 点才营业。去年因为大张旗鼓纪念达达运动一百周年，老店翻新。但这种改造，只是多了精致商业味儿。我们转去新市剧院里面的小酒馆。地方不大，气氛老派，只是有些吵，我们得用足了气力说话。

我说喜欢 N 的那部戏，因为它具有挑战性，我在里面看到了危险，看到演出者在现场直接的挣扎。这也许仍嫌精英，但它让我看到剧场政治性的另一种可能。那种危险或不适感，是新派纪录剧场里没有的。

我有两个问题问 Y，其一，你怎么看经历过启蒙和现代主义的欧洲剧场文化？再者，什么是你看到的，这些年剧场的变化？

她说一种戏剧，你不必太关心传达了什么意思，但它们带来了欢乐或享受。另一类，或像刚才聊的，极其注重内容和意义，它们总是属于少数人。这两种不同的戏剧一直并存。若以球类比赛为例，你需要了解赛事规则，要不然没法享受比赛。但如果规则太复杂，搞不明白的人就不会去看。一些人的艺术，要了解许多艺术史、理论和社会背景之后才能进入，那就只能局限在较少数人那里。至于第二个问题，Y 说的让我意外。这些年，她更多去看行为艺术。那类表演，内容框架开放，可以自己脑补，对她而言更有意思。

我在想，行为艺术那种看似规则更少的游戏，实际上，不是隐含的规则更复杂吗？并且，该怎样联系她所说的，与我一直关心的那堆问题？室内嘈杂，让我不好意思打断她已在做着的很大努力。但随后，她却回到了类似问题，说新派纪录剧场的作品，大都分寸适度，带着平常心，不撞击问题，与“激进”保持距离。但可能正是这种距离，让他们的戏，能够处于娱乐和精英剧场之间。而这是非常难得的。*Y* 的话虽简单，却也十分恰到好处。

从咖啡馆出来，天色昏黄，河水暗蓝如铁。我与她一起走下老城区，往火车站方向走去。过了桥，我们在利默河边的一家超市门口，互道珍重，拥抱告别。今天，我也开始问自己，在这段异乡生活开头时，我期待的陌生化，重新看待生活、工作的距离，是否已渐渐消失。继续这样的漫游和写作，我的位置在哪里？

U 竟然令我意外地从 MT 回来。我从二楼窗口看到他，飞奔下楼。他说，你竟然住到了这里，那要不要跟我转一转？我说好。而我们这一转，没想到苏黎世又全然不同。

利默河东岸的街道房子，或者比西岸的兴起晚些。因为最早罗马人向过往船只收税的据点，是设在西岸的林登豪夫，镇集自然先从那里盘踞开始。今天，一眼能看出来，从房屋格局，到所开的商店食肆，西岸要比东岸高档很多。东岸零碎杂糅，多文化意趣，比如大学、公共图书馆和有影响的剧院，包括那家伏尔泰小酒馆。后来我们没走几步，*U* 随手一指，原来十月革命前的列宁，曾在那个门楼里蜗居。这一带相对便宜，一度是不少追求自由生活的艺术家、文艺青年的栖息地。

U 曾是东边街头一员。他现在左右看看，嘴角挂起一丝小丑似的笑容。大约四十年前，他点点滴滴的早年市井生涯，就从我住的这条小巷尾，开始浮现出来。那个巷尾，曾是一些泼皮们重要的据点，酒吧、音乐，但重要的是因为有麻醉品之类的买卖。如今的平常街道，在事关他的青春的记忆里，大都生猛鲜活。往上去，那家西班牙餐馆，是这里少数还保持着当年样子的店。然后他带着我，步子轻松起来，如数家珍，指出一条当年喝多了酒，却没带酒钱的出逃之路，以及他与他的小兄弟，跟人打斗的场合。

我像是在一部青春文艺片里。手持的摄像机镜头晃动，让人跟那时的荷尔蒙气息十分贴近。

和他一起生活了许多年的女人与房子，就在他上班的新市剧院背后。他说那里的花园，一度绿荫遮盖，是盛夏里热闹的派对聚会地点。他帮助做助理工作的那位导演，每天就在街角餐馆的门外，喝着白葡萄酒，等他把准备工作弄好，然后开工排戏。再过去十几步的店面里，他反复张望，踯躅要不要敲门进去，那曾是帮他弄舞台装置的铁匠、木匠们聚集的地方。到下个巷口，在某家招牌依旧，但早换了日月的酒吧前，他笑起来，说就是这里，他和他的女人真是花掉了不少银子。还有，再走过去几步，那家腌臜小酒馆，不少人曾拿了刚写的剧本，进去找一个因为给迪伦马特编辑剧本而出名的家伙。他一年到头总在里面。这里的种种，都不过几步之遥。*U* 站在街中的石头路面上，指指点点，不时冒出句“那个人已经死了”。

他当然也经历了变迁，女人、剧场或事业，种种。而后，我们去一家在二楼的小酒吧。那里显得隐蔽而略奢华，可以坐在二楼看到街上。他说一般人不知道怎么上来，但酒钱是一样的。

天色暗下来，我们又回到那家西班牙餐馆，都不用餐具，用手抓了，吃好吃的油炸小鱼。付账时，侍应拒收我这个外国人的钱，只让 *U* 付了。出来我问他，你们认识？他摇摇头，说我认识的人怎么还会在。

这时 *S* 的头衔，已要改成“前”戏剧节艺术总监。他的办公室，离我的住处要不了五分钟。上楼前，我看时间还早，再去看了下圣母大教堂边的壁画。

在 *S* 的办公室里，他讲到自己，深受 80 年代初的青年运动影响。当时的苏黎世市政府，试图动用高额资金，修缮代表中产文化的歌剧院，引爆匮乏公共文化资源支持的年轻人。他们群起激烈反对。这场青年抗争运动，一度场面暴力，持续半年之久。*S* 说那场运动与 1968 年的，精神上仍非常不同。这批年轻人有很多幻想，很达达主义化，但也一直保持非常强的集体意识。他们占据了两处地方，一处是 RF。另一处建筑在火车站后边，现已被夷平，成了欧洲城际长途汽车站。RF 在数年后合法化，并获得市政府支持，运作至今。在那里的人经历代际更替，仍试图以最基础的民主方法在一起。

他当年二十二岁，青年时代受运动感召，培养起的政治意识和兴趣，一直在随后的工作中起着作用。

U 从我住处斜对面，买下昨天他看上的一辆二手电动自行车。他想送给在法国 MT 的 *Q* 做生日礼物，说他也不年轻了，该省点力气。

夕阳下，我们在街头喝杯啤酒。我说了与 *S* 的见面。他感叹说自己老了，那些戏剧节不会再演他的戏了。我说它们曾经演过不少，你有过你的灿烂时代。他嘴角又挂起小丑似的笑，说不过仍乐意给别人搭把手。他提议来年春天来上海给我和“草台班”帮忙。他讲上了年纪，反而有时间，也不必去找基金会，钱他自理。

然后他带上我，去找那个以前跟他一起打架的小兄弟。小兄弟是个大个子，曾来上海主持重大灯光设计工程。他那间工作室当中，即是漂亮的开放式厨房。*U* 带来的大陶罐里，是他煮好的海鲜咖喱。小兄弟做了奶酪沙拉。我们合作煮了米饭。

吃喝时，他们少不了讲起年轻时一起孟浪。后来 *U* 说到与小丁的合作。小兄弟一派认真，说演完后还没听你好好说过。他们从准备晚饭，到相互间三言两语，确实有多年的默契。*U* 说那个合作很局限，小丁可能自己都没意识到，他没有完全敞开交流。他们工作到一定地步，若要做更多尝试，他就推诿了，不愿再往前。我理解，这种自我保留是因为无法充分信任，背后是不同的人，对生活和价值认识的距离。

U 送我回去。他在车上问这三个月怎样？我说在这里过得轻松，但无法沉浸，因为我在苏黎世没有将来；但明天，要回去我的将来了。

注　释

[1] 摘自展览简介册：*Action*，Kunsthaus Zurich，2017. 黄丞元译。

[2] 摘自展示说明：*Landesmuseum Zurich*，2017. 黄丞元译。

[3] 摘自展览简介册：*Osiris-Egypt's Sunken Mysteries*，Museum Rietberg，2017. 黄丞元译。

[4] 乔纳森·科特（Jonathan Cott）:《我幻想着粉碎现有的一切：苏珊·桑塔格访谈录》，唐奇译，中国人民大学出版社，2014 年，第 76—77 页。

[5] E. H. 贡布里希（E. H. Gombrich）:《理想与偶像——价值在历史和艺术中的地位》，范景中、曹意强、周书田译，上海人民美术出版社，1989 年，第 214 页。

[6] 约翰·赫斯特（John Hirst）:《你一定爱读的极简欧洲史》，席玉萍译，广西师范大学出版社，2011 年，第 201 页。

[7] Félix Guattari, *The Three Ecologies*, English translation by Ian Pindar and Paul Sutton, The Athlone Press. 金怡菲译。

[8] Marc Augé , *Non-Places*: *An Introduction to Anthropology of Supermodernity*, Le Seuil，1992，Verso, p. 122. From https://en.wikipedia.org/wiki/Non_place. 黄丞元译。

[9] 黄丞元译。

[10] Marleen Fitterer, *Rote Fabrik, tote Fabrik?*, 2017. 未出版调研报告，蒋立言译。

[11] 黄丞元译。

[12] 黄丞元译。

[13] 摘自节目册：*Zurich Spekatekle*，2017. 赵川译。

[14] 斯拉沃热·齐泽克（Slavoj Zizek）:《欢迎来到实在界这个大荒漠》，季广茂译，译林出版社，2012 年，第 12 页。

[15] 赵川:《逼问剧场》,《读书》2016 年第 4 期。

[16] 摘自陈列简介册：*Collection de I' Art Brut*，2017. 黄丞元译。

[17] 克莱儿·毕莎普（Claire Bishop）:《人造地狱——参与式艺术与观看者的政治》，林宏涛译，台北：典藏艺术家庭，2015 年，第 24 页。

[18] Baltensperger + Siepert：*Invisible Philosophy*，Amsel Verlag，2017. 赵川译。

[19] 摘自展览简介册：*Performance Process 20.09.2017-02.20.2018*，Curators'Talk，Museum Tinguely，2017. 黄丞元译。

[20] Augusto Boal:《被压迫者剧场》，赖淑雅译，台北：扬智文化，2000 年，第 3—5 页。

[21] 摘自展览简介册：*Sturm auf dein Winterpalast*，Gessnerallee Zurich，2017. 蒋立言译。

后　记

上海即便在夏天，到7点多，天基本也已暗了。而欧洲的夏天，日照很长，到9点，还在傍晚绵长的夕照里，不过气温，却已从白天酷热中凉爽下来。

2017年由夏至秋，我在苏黎世三个月，做剧场艺术家驻地。我早年学画画，之后有十来年在文学里，再后来才开始做戏剧。我们有个叫“草台班”的小戏剧团队，参与进来的人，他们的工作和背景，或与艺术有关，或没关系，但基本没啥职业戏剧圈的人。我们这样边缘地做戏剧，讨论些基层问题，称作社会戏剧，前后也有十多年了。

苏黎世湖边的“红工厂”，也有些边缘，却是当地实验剧场的孵化器。因为驻地，我在里面有间不小的工作室。那里早些年是电话设备厂。我的房间窗户高大，窗外楼下是个小剧场，但它的顶上，仍竖着旧时高耸的烟囱，走下去，不出百步即到湖边。湖面开阔，有船，有游泳的人。我在那里与友人会面、聊天，也做过讲座、排过戏。我的日常内容，还包括看许多戏、看展、上课和出游。

上海看似远了。我原本想利用这段时间，与忙碌了十多年的“草台班”有个距离，能做些反思。住下来后，距离倒有了，反思的念头也不时涌现，但具体的事情却没法停下。那边的工作延续，它们穿越地域和时差，与我在欧洲的日子、感触交错在一起。那里的和这里的，过去和现在，它们如何分割？但它们也既远又近，不同的社会历程和艺术形态，有时却成了相互映照，让一些意思或轮廓，分明起来。

这期间，我每天写下不少笔记，记下些见闻，朋友交往、谈话，自己的阅读和文案，更多是各种碰撞中的思绪和启发。它们成了这本小书的文字基础。但回来后重新梳理、写作，新的思考涌来，一些背景也补充进来，所以，它似乎已不全然是笔记。尽管我不觉得虚构了什么，但它已接近创作。原来的时间线索被改造，内容被重组。

这个驻地由瑞士文化基金会安排，“红工厂”给予了协助。基金会上海办公室也支持了本书的出版。我在此由衷感谢。在苏黎世那些日子里，好酒、好饭菜、睿智的谈话，新老朋友给了很多照应。他们的生动，让这书里有了人物。当时基金会的戏剧部主管 Myriam Prongué 女士，自任我的驻地指导，鼓励我随后将笔记整理成书。仍在盛年的她，却于 2019 年春突然因病辞世。这书，也是对她的纪念。《读书》杂志的编辑卫纯在成书过程中给予不少意见，让我原本散漫的文思，渐有文路……写作，仍是一种学习的过程；更重要的是，它让一些事真的存在了，并得以继续滋长。

2019 年 8 月

最后修订于云南丽江工作室